KB114064

십병귀

十兵鬼

오채지 新무협 판타지 소설

FANTASTIC ORIENTAL HEROES

십병귀 5

오채지 新무협 판타지 소설

초판 1쇄 찍은 날 § 2012년 8월 29일
초판 1쇄 펴낸 날 § 2012년 9월 7일

지은이 § 오채지
펴낸이 § 서경석

편집부장 § 권태완
편집책임 § 주소영

펴낸곳 § 도서출판 청어람
등록번호 § 제1081-1-89호
등록일자 § 1999. 5. 31
어람번호 § 제2-2253호

주소 § 경기도 부천시 원미구 심곡2동 163-2 서경B/D 3F (우) 420—822
전화 § 032-656-4452 팩스 § 032-656-4453
http://www.chungeoram.com
E-mail § chungeorambook@daum.net

ISBN 978-89-251-2993-8 04810
ISBN 978-89-251-2887-0 (세트)

十兵鬼
십병귀

5

오채지 新무협 판타지 소설

FANTASTIC ORIENTAL HEROES

도서출판
청람

第一章 돋트기 직전

뇌총의 총주 만박노사는 장고에 잠겼다.

　오늘 새벽, 천망을 통해 온 보고는 자신의 귀를 몇 번이나
의심케 했다.

　"신기자가 무당산에서 십병귀의 귀계에 속아 손 한 번 써보지
못하고 물러났습니다."

　신기자는 십병귀와 그를 따르는 잡졸 오백을 치기 위해 비
마궁의 병력 오천을 이끌고 무당산으로 갔었다.

그를 움직이게 만든 사람이 바로 만박노사 자신이었다. 만박노사는 이 일로 비마궁과 십병귀 모두에게 심대한 타격을 줄 수 있을 거라고 생각했다. 신기자가 오천이라는 어마어마한 병력을 이끌고 간 것도 비마궁의 피해를 최소화하기 위한 것이라고 생각했다.

한데 상황은 너무나 엉뚱하고 싱겁게 끝나 버렸다. 신기자가 칼 한 번 휘두르지 않고 물러났기 때문이다.

도대체 왜일까?

신기자가 무당산에 파놓은 함정을 엽무백이 기상천외한 방법으로 역이용했다는 건 알고 있다. 아니, 처음부터 엽무백이 판 함정에 신기자가 빠져든 것이다.

하지만 이건 어디까지나 표면적으로 보이는 것. 천하를 그리는 지자라면 겉으로 드러난 현상 이면의 것을 볼 수 있어야 한다.

"십병귀… 정말 귀신같은 작자더군요."

대들보 위에서 시커먼 그림자가 말했다.

두 다리를 아래로 늘어뜨린 채 술병을 기울이고 있었는데, 얼굴이 천장의 그늘 속으로 들어가 있어 용모를 알 수가 없었다.

그가 누구이든 이 시각에 뇌총 총주의 거처를 찾고도 대들보에 앉아 있는 건 말이 안 된다. 신궁에 감히 그럴 만한 배포

나 지위를 지닌 사람은 없었다.

　한데도 만박노사는 태연했다.

　"오죽하면 태상교주께서도 께름칙해하셨을까?"

　"무당산에서 신기자를 달탈 털어먹은 작전은 정말 신묘했습니다. 전마(戰馬) 일천 필에 도검이 오천 정이라. 후후. 조조가 적벽에서 제갈량에게 화살 십만 발을 도둑맞았다는 고사가 생각나는군요."

　"신묘했지. 신묘하고말고. 너무 신묘해서 오히려 부자연스러울 정도로 말이야."

　"뭔가 있다고 생각하는 겁니까?"

　"십병귀의 머릿속에 귀신이 한 마리 들어 있다는 건 인정하지. 그렇다고 해서 신기자가 그렇게 만만한 상대였을까?"

　"그럴 리가요. 비마궁주가 애들 싸움에나 소용 있는 자를 군사로 두었을 리가 없지요."

　"문제는 이거야. 신기자는 무려 오천의 병력을 이끌고 갔음에도 불구하고 칼을 휘둘러 보기는커녕 전마 일천 필과 도검 오천 정을 내어주고 조용히 물러났지. 아, 또 있군. 벽력궁의 폭기. 이거야말로 가장 큰 손실이지."

　"막대한 실책이지요."

　"한데 이런 중요한 결정을 과연 신기자가 현장에서 자의로 내릴 수 있느냐 하는 것이야. 알다시피 비마궁의 규율은 엄하기로 유명하잖은가."

"비마궁주의 사전 언질이 있었다고 보시는 겁니까?"

"그런 정황은 한 가지가 더 있지. 난 정황이 아니라 증거라고 보네만. 자넨 그게 무엇인지 아시겠는가?"

"열흘 동안 팔마궁은 어떠한 경우에도 십병귀와 신궁의 싸움에 끼어들지 않겠다."

"후후, 역시 자네답군. 하면 팔마궁이 왜 그런 결정을 내렸는지도 짐작이 가시는가?"

"팔마궁의 입장에선 놈이 살아 있을수록 신궁에 위협이 되겠지요. 방법만 있다면 팔마궁은 십병귀를 돕고 싶었을 겁니다."

"내 생각도 같네. 신기자는 오천의 병력으로 사람들의 눈을 현혹시킨 다음 무당산으로 갔지. 그러고는 놈에게 큰 선물을 주고 돌아왔어. 처음부터 놈들을 칠 생각이 없었던 것이지."

"십병귀의 계략이 때마침 신기자에게 명분을 주었던 게로군요."

"때마침? 지자들의 싸움에서 우연이란 없네."

"그 말씀은……?"

"그건 십병귀가 신기자를 위해 벌인 판일세. 술상을 차려놓고 신기자를 초대한 셈이지. 자, 내가 이렇게 판을 벌여놓 앞으니 어서 와서 선물을 주고 가라. 놈은 판세를 정확히 읽고 있었어."

"하면······."

"이런 걸 두고 이심전심이라고 하는 거지. 신기자의 속셈은 이런 것이었을 거야. 놈을 잡으면 잡는 대로 좋고, 놓치면 놓치는 대로 좋다. 놈을 잡을 경우 혼원요상신공을 탈취할 수 있고, 놈을 놓치면 자신들을 대신해 신궁을 위협할 세력이 건재해서 좋고. 신기자의 입장에서 최악의 상황은 양패구상이었지. 그래서 시험을 했을 거야. 놈이 과연 신궁을 위협할 만한 그릇인가. 결론은 그렇다야. 그래서 일개 병단을 무장하고도 남을 만큼 병기를 풀어주고 조용히 물러난 것이지."

"십병귀라는 자··· 무서운 자로군요."

대들보에서 술을 마시던 사내 주변의 공기가 싸늘하게 식었다. 엽무백에 대한 평가도 귀신같은 놈에서 무서운 놈으로 바뀌었다.

"무서운 놈이지. 반드시 제거해야 할 놈이야. 하지만 아직은 아닐세."

"그건 무슨 말씀이십니까?"

"신기자가 놈을 이용했듯, 우리 또한 놈을 이용할 일이 있다는 말이네. 재미있군. 팔마궁과 우리의 싸움이 목전으로 다가오는 바람에 놈의 명이 조금은 더 길어지겠어."

"제가 할 일이 무엇입니까?"

"십만대성회 준비를 철저히 해주게."

*　　　　*　　　　*

엽무백의 명령에 따라 한백광은 무당산에 모여든 사람들을 각 백 명씩 묶어 여섯 개의 대로 만들었다. 이어 그들에게 신기자가 이끌고 온 병력으로부터 노획한 말과 병기, 그리고 벽력궁의 폭기로 무장시켰다.

뛰어난 기동성과 질 좋은 병기, 위력적인 화기까지 갖추었으니 이제는 마교의 악명 높은 타격대가 온다고 해도 사람들은 두렵지 않았다.

중원 전역에 흩어져 살던 정도무림의 생존자들이 문파와 나이를 초월해 하나로 뭉친 역사는 이렇게 해서 탄생했다.

모든 준비가 끝나자 엽무백은 그중 일대를 골라 남궁옥에게 주었다. 남궁옥은 그들과 함께 남은 병기를 말에 싣고 무당산을 떠났다. 중원 전역에서 마교를 상대로 싸우는 저항군들에게 병기와 마필을 공급하기 위해서다.

남궁옥이 떠나기 직전 엽무백은 그에게 은밀한 명령 한 가지를 내렸다. 남궁옥은 처음에는 의아한 표정을 지었지만, 이내 군건한 표정으로 고개를 끄덕였다.

남궁옥이 사라진 후 엽무백은 남은 다섯 개의 별동대를 이끌고 무당산을 떠났다. 어둠에 휩싸인 협곡을 중무장한 오백의 기마인이 질주하는 풍광이 이렇게 해서 생겨났다.

두두두두.

"왜 이렇게 서두르는 건지 모르겠어요."

달리는 마상에서 조원원이 말했다.

인적이 없는 깜깜한 협곡을 횃불도 없이 달리는 것은 매우 위험한 일이었다.

당엽이 오 리 밖에서 척후를 살피고, 고도의 안력을 지닌 수뇌부가 선두에서 길잡이 노릇을 하고 있다지만 위협의 대상은 적만이 아니었다.

한 치 앞도 볼 수 없는 어둠과 바닥에 깔린 뾰족한 돌, 구불구불 이어진 지형 모두가 달리는 말에겐 심각한 장애물이었다.

특히 아무리 무공을 익혔다고는 하나 손발을 맞춰본 적 없는 오백의 중무장한 무인들이 일렬로 전력 질주할 때는 작은 사고도 큰 사고로 이어질 수 있었다.

"적과 불필요한 접전을 피하기 위해서가 아닐까?"

당소정이 말했다.

"그렇다면 더더욱 이 새벽에 위험을 무릅쓰고 달릴 이유가 없죠. 만약 적들이 매복을 하고 기다린다면 문제가 더 커지지 않겠어요?"

"모든 일엔 어둠과 밝음이 공존하는 법이야. 이 경우엔 밝음이 더 크다고 판단했을 수도 있어. 동트기 직전이 가장 어둡다는 말도 있잖아."

"제 말을 공으로 들은 거예요? 중무장한 오백의 기마인이 전력 질주하고 있어요. 어둡다고 놈들이 우리의 동태를 모를 것 같아요? 장담하건대 지금 이 순간에도 어둠 속에서 우리를 지켜보는 눈이 열 쌍은 될 거예요."

"내 말을 공으로 들은 건 오히려 동생 같은걸. 난 지금 우리가 처한 당장의 상황만을 말한 게 아니야. 아무렴 엽 공자가 우리를 골탕먹일 작정으로 부지런을 떨겠어?"

"무슨… 말씀이세요?"

"대별산을 떠난 직후 엽 공자는 최대한 빨리 금사도로 가야 한다며 줄곧 직선으로만 달렸어. 어떤 때는 우회하는 것보다 더 느리고 힘들 정도로 비효율적이었지. 하지만 그때도 난 불필요한 접전을 피하기 위해서라고 생각했어. 실제로 허를 찌르는 면이 있어 무당산에 도착할 때까지 우리는 한 번도 적과 조우한 적이 없었잖아."

"하지만 알고 보니 적들로 하여금 우리의 행보를 예측하도록 하기 위해서였죠. 적들은 무당산에 함정을 팠고, 엽 공자는 오히려 그 함정을 역이용해 질 좋은 전마 일천 필과 도검 오천 정을 손에 넣었고요. 정말 위험천만한 시도였어요."

"맞아. 그는 중원 전역에서 들불처럼 일어나고 있는 마교의 저항군들에게 무엇이 가장 필요한지 정확하게 꿰뚫어 보고 있었던 거야. 줄곧 우리와 이동을 하느라 바깥소식을 단한 차례도 들어보지 못한 상태에서 말이야."

"그가 귀신같다는 건 이미 알고 있어요."

"그 정도가 아냐."

"……?"

"동생이 처음 그를 만났을 때 그는 진자강과 둘이서만 금사도로 가려 했다고 했었지? 몽중연에서 우리와 만났을 때도 그랬어. 그는 한백광에게 지시를 내려 중원 전역에서 일어나고 있는 정도무림의 생존자들을 하나로 모으라고 그랬지. 그리고 그 자신은 최소한의 인원만으로 금사도로 향했어. 그편이 오히려 안전했으니까."

"그런데 지금은 바뀌었죠."

"그냥 바뀐 게 아니야. 당엽을 보내 모든 사람을 무당산으로 모이게 했어. 그리고 약속이나 한 듯 그들에게 병기와 말을 지급했고, 지금은 오백의 별동대를 이끌고 진령으로 진격중이야. 이제 알겠어? 엽 공자의 행보는 무당산을 기점으로 완전히 달라졌어. 마치 정면승부도 불사할 것처럼 과감해졌지."

"무언가 상황이 바뀌었군요."

"아니, 상황은 바뀌지 않았어. 내 짐작이 틀리지 않는다면 그는 이 모든 걸 장강을 건너기 전에 이미 계산하고 있었어. 다시 말해, 어느 지점에서 모든 게 달라질 거라는 걸 알고, 아니, 그게 아니야. 어느 시점에서 모든 게 달라지도록 만들 생각이었고, 그 기점을 무당산으로 정했어. 그리고 모두를 무당산으로 모이게 한 거지."

"대체 왜……?"

"정확한 건 그만이 알겠지. 중요한 건 그가 금사도로 가는 방식을 바꿨다는 거고, 그건 미리 계획되어 있었다는 거야. 그리고 그가 어떤 행동을 할 때는 반드시 이유가 있어."

"무언가 중요한 일이 다가오고 있군요. 그가 의도했든 의도하지 않았든 그건 우리의 생존과 직결되는 아주 중요한 문제이고요."

"그래서 지금은 동트기 직전이야. 하루 중 가장 어두운 시각. 엽 공자는 지금 오백의 목숨과 중원무림의 운명을 어깨에 짊어지고 도박을 하고 있는 거야."

"뭔가 사정이 있을 거라 생각은 했지만……."

"엽 공자가 그리는 그림은 우리가 그리는 그림과는 차원이 달라. 그는 더 높은 곳에서 더 크고 더 멀리 봐. 그게 우리가 그를 따를 수밖에 없는 이유, 그가 우리의 희망이 될 수밖에 없는 이유야."

조원원은 무언가 뜨거운 것이 가슴 한쪽을 꽉 채우며 올라오는 것 같았다. 그가 그리는 그림은 우리가 그리는 그림과 차원이 다르다는 당소정의 말이 가슴을 울렸다.

더불어 궁금해졌다.

대체 무슨 일이 일어나고 있는 걸까.

무슨 일이 일어나고 있기에 이토록 서두르는 걸까? 그때, 대열의 후미를 살피러 갔던 법공이 다가왔다. 그는 조원원과 어깨를 나란히 한 채 말을 달리며 투덜거렸다.

"이렇게 생각해?"

"뭐가요?"

"시간이 좀먹는 것도 아닌데 새벽부터 난리법석을 떨 필요 있어? 이런다고 마교 놈들을 따돌릴 수 있는 것도 아니고 말이야."

"쯧쯧쯧. 역시 지도자의 그릇은 따로 있다니까. 싸움을 암만 잘하면 뭘 해. 황새의 높은 뜻을 참새가 어찌 알리오."

"황새가 뭐 어쨌다고?"

법공이 되물었다.

조원원이 대답을 할 사이도 없이 선두에서 달리던 엽무백이 그녀를 불렀다. 조원원은 재빨리 말을 달려 엽무백의 곁으로 다가갔다.

엽무백이 무언가 지시를 했고, 조원원은 한순간 놀란 표정을 짓더니 이내 고개를 끄덕였다. 그러곤 말고삐를 진자강에게 건네준 후 그대로 말에서 뛰어내려 전방을 향해 바람처럼 달려갔다. 눈 깜짝할 사이에 사람들의 시야에서 사라지는 그녀의 경공은 그 유명한 유성하였다.

그 모습을 물끄러미 바라보던 법공이 당소정을 돌아보며 뒤늦게 물었다.

"저 여자가 좀 전에 뭐라고 한 거요?"

"곧 동이 터올 거라고 하던걸요."

"……?"

법공은 고개를 꺾어 동쪽을 보았다.

하늘을 향해 찌를 듯이 솟은 산릉 너머로 암록의 서광이 조금씩 비치고 있었다.

"당최 뭔 소리들인지."

*   *   *

무당산에서 진령까지는 끝나지 않는 산악의 향연이었다. 이는 무당산이 진령이 거느린 수많은 지맥 중 하나에 자리한 탓인데, 그럼에도 불구하고 진령까지의 거리는 결코 가깝지 않았다.

사람들은 이름 모를 산과 광활한 숲, 그 숲을 양단하며 흐르는 강과 싸우며 달리기를 반복했다. 엽무백은 말이 가진 기동성을 최대한으로 발휘해 속력을 높였다. 밤과 낮을 구분하지 않았으며, 어쩌다 쉬는 건 말에게 물과 먹이를 줄 때뿐이었다.

그렇게 말과 인간 모두에게 극한의 힘을 뽑아내며 달리길 사흘째 되던 날 늦은 오후, 사람들은 마침내 앞을 가로막는 거대한 장벽과 만날 수 있었다.

대륙을 남북으로 가르며 달리는 저 산맥의 이름은 진령이었다. 동서의 길이만도 일천 리에 이르고, 지맥을 포함한 총길이는 삼천팔백 리에 이른다는 광활한 산맥.

당소정은 주변을 살폈다.

저 멀리 보이는 진령의 장엄한 풍광과는 별개로 눈앞에 펼쳐진 지형이 기묘하기 짝이 없었기 때문이다.

지금 사람들이 서 있는 곳은 작은 구릉이었다. 구릉 아래에는 깊이와 폭을 가늠하기 힘들 만큼 거대한 협곡이 동서를 가로지르고 있었다. 그 협곡을 남북으로 관통하며 지나가는 또다른 소협곡이 하나 더 있었다.

다시 말해 눈앞에는 십(十) 자 형태의 협곡이 펼쳐졌다. 그중 남북으로 뻗은 협곡이 마치 길 안내를 하는 것처럼 진령을 향해 구불구불하게 뻗어 있었다.

진령 자락의 삼림지대까지는 십 리 정도, 협곡이 구불구불
하게 이어진 걸 감안하면 실제로는 훨씬 먼 거리를 가야 할
것이다.

정작 중요한 문제는 따로 있었다.

협곡의 바닥은 온통 뾰족한 돌멩이 밭이었다.

띄엄띄엄 돌멩이가 구르는 것이 아닌 바닥 전체가 돌로 두
텁게 깔려 흙을 볼 수가 없었다. 지금 출발하면 협곡의 중간
쯤에서 밤을 맞게 될 것이 뻔했다.

말발굽을 쪼개고 들어오는 돌조각은 차치하고서라도 언제
어디서 기습을 해올지 모르는 적들을 협곡의 복판에서 만나
게 되면 끝장이었다.

당소정은 천천히 곁을 돌아보았다.

엽무백은 붉게 물든 노을을 등지고 선 채 진령을 바라보고
있었다. 그로부터 몇 걸음 뒤에는 한백광을 비롯한 별동대의
수장들이 시립한 채 엽무백의 명령을 기다렸다.

'어쩔 생각이지?'

그때 남북으로 난 소협곡으로부터 희뿌연 먼지와 함께 맹
렬한 속도로 달려오는 물체가 있었다. 사람들은 크게 놀랐다.
하늘 아래 저토록 빠른 속도로 달릴 수 있는 생명체를 본 적
없기 때문이었다.

분명 짐승은 아닐 터, 그렇다면 사람이란 얘긴데 도대체 천

하의 누기 지도록 가공할 경공술을 지녔단 말인가.

청성오검을 비롯한 몇몇 고수가 반사적으로 검파를 잡았다. 그들은 이어지는 진자강과 당소정의 대화에 아여실색해질 수밖에 없었다.

"원원 누나의 유성하는 날이 갈수록 빨라지네요."

"몰랐어? 경공에 관한 한 조 매는 백 년에 한 번 나올까 말까 한 천재야."

"뭘 그 정도까지나요."

"해월루의 루주인 청산인은 고집불통에 여자를 깔보기로 유명했지. 그런 사람이 자신의 고집을 꺾고 조 매를 제자로 받아들였을 때는 그럴 만한 이유가 있었을 거라는 생각이 들지 않아?"

"그런가?"

진자강은 동그랗게 뜬 눈으로 저 멀리 달려오는 희끄무레한 그림자를 보았다. 그때쯤 그림자는 순식간에 협곡을 지나 구릉으로 오르는 중이었다.

진자강이 말했다.

"청산인의 안목이 맞는지 틀리는지 모르지만, 원원 누나가 유성하의 대성을 목전에 두고 있는 것만큼은 확실한 것 같네요."

순식간에 엽무백의 앞까지 다가온 그림자, 조원원은 숨을 한 번 크게 고른 후 말했다.

"협곡은 깨끗해요."

"숲은?"

"산정까지 올라 사방을 살폈는데 매복은커녕 전인미답의 원시림이에요. 숲도 울창해서 은신하기도 좋고요."

그제야 당소정은 업무백이 조원원에게 진령을 살피고 돌아오라는 명령을 내렸다는 걸 깨달았다. 그녀의 유성하라면 돌멩이가 가득한 협곡쯤은 아무것도 아닐 터이니 과연 딱 맞는 임무이지 않은가. 하면 줄곧 앞에서 척후를 살피는 줄 알았던 당엽은 어디로 갔을까?

그때였다.

"전방은 깨끗한지 몰라도 후방은 그 반대요."

갑작스럽게 들려온 목소리에 사람들이 반사적으로 몸을 돌렸다. 멀지 않은 곳에 자리한 바위에 한 사람이 걸터앉아 있었다.

당엽이었다.

당엽이 이처럼 가까이 다가오는 줄 몰랐던지라 사람들의 놀라움은 컸다. 특히, 당엽의 귀신같은 은형술을 처음 목격한 청성오검과 칠성개 등은 등골이 서늘해졌다.

만약 저자가 자신들의 목을 노리고 온 살수였다면 그는 분명 목적을 달성했으리라.

"지세히."

엽무백이 말했다.

"정오 무렵부터 적들이 보이기 시작했소. 시간이 흐를수록 점점 숫자가 늘어나더니 조금 전에는 일천가량으로 불어났소."

좌중이 크게 술렁거렸다.

일천이라니, 신기자가 이끌고 온 비마궁이 병력을 뺀 지가 불과 사흘 전이거늘, 어디에서 또 일천이나 되는 병력이 튀어나왔단 말인가.

"정체는?"

"전날 대별산에서 살아서 돌아갔던 혈랑삼대가 집결한 것으로 파악되오."

"거리는?"

"오 리. 전속력으로 달려오고 있으니 일각쯤이면 곡구(谷口)로 들어설 것이오."

"생각보다 빨리 왔군."

사람들은 더욱 크게 술렁거렸다.

조원원이 말한 진령의 삼림 속으로 들어가려면 뾰족한 돌조각으로 가득한 협곡을 최소한 십 리는 달려야 한다. 당연히 속도가 느려질 수밖에 없을 것이고, 그사이에 적들은 꽁무니를 치고 들어올 것이다.

적과 조우하는 것은 시간문제다.

말과 사람 모두 지칠 대로 지쳤다.

이런 상황에서 일천 명이나 되는 적 병력과 격돌한다면 전멸을 각오해야 한다.

"방금 집결이라 했습니까?"

호리호리한 체격에 정광이 번뜩이는 중년인이 엽무백에게 물었다. 청성오검의 수좌 청명이었다.

"그랬소만."

엽무백이 말했다.

"그 말은 우리가 이리로 올 것을 적들이 알고 있었단 말이오?"

"오히려 그 반대외다."

사람들은 모두 의아한 표정을 지었다.

적들이 한발 앞서 집결을 했다면 아군의 진로를 미리 알고 있었다는 말이 된다. 한데 오히려 반대라면, 적들이 진로를 몰랐기에 집결을 했다고? 이게 당최 무슨 소린지 알 수가 없다.

"설명을 부탁드리오."

청명이 포권까지 쥐어 보였다.

"세상은 넓고 진령으로 들어가는 길은 많소. 무당산을 떠난 직후 난 전속력으로 달리는 한편 반나절마다 방향을 꺾었소. 하루가 지나자 적들은 추적의 한계를 느꼈고, 이틀이 지나자 진로 또한 예측할 수 없다는 결론을 내리고 뿔뿔이 흩어졌소."

"추격을 포기하는 대신 흩어져 무당산에서 진령으로 향하는 모든 길목을 지킨다? 병력은 얼마든지 있으니 적들의 입장에선 최선의 선택이랄 수 있겠군. 과연 그럴듯하오."

산발에 누더기를 입은 거지가 말했다.

개방의 후개 칠성개였다.

"그 말은 시간이 흐를수록 협곡으로 집결하는 적들의 숫자가 늘어날 수도 있다는 뜻입니까?"

다시 청명이 물었다.

"지금 우리가 있는 구릉은 협곡의 입구요. 이 협곡의 끝에 진령이 있지. 이제 방향을 꺾을 수 없으니 우리의 진로 또한 정해진 것이나 다름없소. 적들이 갑자기 집결하며 추격해 오는 것도 그 때문이고."

당소정과 조원원은 저도 모르게 고개를 끄덕였다. 엽무백이 전력의 약화를 감수하면서까지 사흘 밤낮을 달린 이유를 이제야 알았기 때문이다.

사람들은 약속이나 한 듯 전방의 협곡으로 시선을 던졌다. 칼날처럼 뾰족한 돌멩이가 가득 찬 저곳을 말을 타고 달릴 수는 없다. 필연적으로 속도가 느려지고 움직임에 제한을 받을 수밖에 없다. 적들은 그 틈을 놓치지 않을 것이다.

"어쩔 작정입니까?"

한백광이 물었다.

"돌파해야지."

말과 함께 엽무백이 말을 달려 구릉을 내려갔다.

사람들은 얼굴 가득 걱정스러운 기색을 하면서도 뒤를 따랐다.

예상했던 대로 협곡의 바닥은 날카로운 돌멩이로 발 디딜 틈이 없었다. 오랜 풍우에 좌우의 암벽으로부터 떨어진 돌조각들이 쌓이고 쌓인 탓이다.

하지만 놀랍게도 돌밭 사이로 작은 길이 있었다. 그늘을 노린 탓인지 왼쪽 절벽에 찰싹 붙어난 길은 말 한 필이 겨우 지날 만큼 좁았다.

엽무백은 거침없이 그 길로 접어들었다.

오백의 병력은 말을 탄 채 일렬로 뒤를 따랐다.

좁기는 했지만 일렬로 선 까닭에 어느 정도의 속도는 낼 수 있었다. 하지만 엽무백은 무슨 이유에선지 선두에 버티고 서서 일정한 속도를 유지했다. 앞서 서둘러 협곡까지 달려왔던 것과는 대조적인 모습이었다.

"대체 누가 여기다 길을 내놓은 걸까요?"

조원원이 혼잣말처럼 중얼거렸다.

"그러게 말이에요. 마치 우리가 올 줄 알고 누가 길을 닦아 놓기라도 한 것 같아요."

진자강이 말했다.

"진령을 넘는 사람들이 하나둘씩 여길 지나다 보니 세월이 흐르면서 저절로 생긴 게 아닐까 싶네."

법공이 말했다.

"좋은 길을 놔두고 왜 하필 이런 곳으로 다녔을까요?"

"이 정도면 좋은 길이지."

"백번 양보해서 좋은 길이라도 쳐도, 처음부터 좋은 길이었을 리 없잖아요. 척박한 길을 누군가 처음 걸었고, 그 후에도 누군가가, 또 누군가가… 그렇게 해서 좋은 길이 되려면 백 년은 걸렸을 거예요."

"이게 백 년씩이나 묵은 길이란 말이야?"

"그러니까 내 말은 백 년이 되었든 십 년이 되었든 척박함을 무릅쓰고 오랜 세월 지나간 사람들이 있었단 얘기고, 그건 분명 필요에 의해서예요. 대체 누가 무엇 때문에 이런 곳으로 지나다녀야 했을까요?"

"살살 가면 그렇게 척박할 것도 없구만 뭘."

그때였다.

갑자기 무언가 부서지는 듯한 소리가 들리는가 싶더니 머리 위로부터 돌멩이 몇 개가 우수수 떨어졌다. 사람들이 일제히 고개를 꺾어 하늘을 올려다보았다.

그리고 사색이 되었다.

까마득한 절벽 중단쯤에서 바윗덩어리 하나가 떨어지고 있었다. 돌출된 바위 일부가 진동하는 말발굽 소리를 견디지 못하고 떨어지는 것이다.

놀란 말들이 울부짖었다.

바위 아래 있던 무인들은 돌밭을 감수하고 재빨리 협곡의 중간으로 말머리를 돌렸다. 낙하하던 바위는 십여 장쯤을 남겨두고 돌출된 또 다른 바위와 부딪혀 방향을 틀었다.

커다란 돌도끼처럼 두 쪽으로 날카롭게 쪼개진 바위는 눈 깜짝할 사이에 전혀 엉뚱한 곳에 있던 말 두 마리를 덮쳤다.

콰광!

말에 타고 있던 무인들은 재빨리 몸을 뺐지만 불행하게도 말은 그렇지 못했다. 털썩 쓰러지는 말 두 필의 모습은 그야말로 처참하기 이를 데 없었다.

한 필은 목이 거의 잘려 나가 즉사를 했고, 다른 한 필은 소반만 한 돌도끼가 옆구리에 깊숙이 박혀 피를 철철 흘렸다.

모두가 당황하는 사이 말의 주인이었던 무인이 칼을 뽑아 숨통을 끊어주었다. 고통이라도 덜어주려는 것이다.

날벼락에 시간이 지체된 것도 잠시 엽무백은 다시 길을 재촉했다.

"봤죠? 이래도 좋은 길이라고 할 거예요?"

조원원이 법공을 돌아보며 따져 물었다.

"대체 누가 이런 길을 만들었지?"

"마방(馬房)들이 만든 길이야."

엽무백이 말했다.

갑작스러운 대답에 후미 쪽 사람들의 시선도 일제히 엽무백에게로 향했다. 그들도 이런 곳에 길이 있다는 게 신기했던 터였다.

길만이 아니었다.

진령 자락에 이런 협곡이 있다는 것도 사람들은 오늘 처음 알았다.

"마방? 당나귀에 차(茶)를 실어 서장과 중원을 오가는 그 장사치들 말이야?"

법공이 물었다.

"그래. 그 마방."

사람들은 깜짝 놀랐다.

마방이 낸 길이라는 것 때문이 아니다.

엽무백의 대답에서 그가 이 길을 이미 알고 있었다는 사실을 깨달은 것이다. 앞서도 말한 바 있지만, 지난 사흘 동안 엽무백은 반나절마다 방향을 꺾었다.

길을 아는 사람이 반나절마다 방향을 꺾을 수는 없다. 실제로 지나온 과정을 보면 길을 만난 적이 거의 없었다. 이름 모를 계곡을 건너고, 우거진 숲을 관통했으며, 넘실대는 강을 무시로 건넜을 뿐이다.

사람들은 그저 엽무백이 당엽으로 하여금 척후를 살피게 하는 한편 그때그때 필요에 따라 길을 만들며 간다고 생각했다. 한데 지금 보니 꼭 그렇지도 않은 것 같았다.

모두의 궁금함을 대신해 당소정이 물었다.

"이 골짜기의 이름이 뭐죠?"

"대망곡(大蟒谷)이오."

대망은 용이 되지 못한 큰 뱀, 즉 이무기를 말한다. 구불구불 이어진 골짜기를 보며 당소정은 그 이름이 참으로 적절하다고 생각했다.

"여길 와본 적이 있군요. 그렇죠?"

"오래전 정도무림의 잔당들을 추격할 때."

잠시 잊고 있었는데 엽무백은 한때 신교에 몸담았던 사람이다. 본인의 의지와 상관없이 신교를 위해 일해야 했었던 적이 적지 않게 있었을 것이다.

좌중에 잠시 싸늘한 분위기가 흘렀다.

뭐라 말을 해야 할지 모르는 어색한 순간에 법공이 한마디를 툭 내뱉었다.

"다들 들었지. 그래서 말인데 이 일이 끝나고 나면 내가 저 친구와 한번은 붙을 거야. 그러니 그때까지는 다들 아니꼬워 도 좀 참고 있으라고."

다들 불편하고 곤란해하는 지점을 법공은 아무렇지도 않 게 건드리고 쑤셨다. 그 바람에 어색했던 분위기가 오히려 좋 아졌다.

정도무림의 생존자 한두 명쯤 엽무백에게 죽임을 당했을 수도 있다. 하지만 이제 와서 무얼 어떻게 할 것인가. 훨씬 많 은 사람이 그로 인해 목숨을 건졌다. 까맣게 잊고 있었던 희 망을 보았다.

마도천하가 되기 이전에도 정도 무림인들은 서로 시비가 붙고 사람이 죽어나간 경우가 많았다. 하지만 지금은 엽무백 을 중심으로 모두가 똘똘 뭉쳤다. 그리고 보면 엽무백이 정도 무림인 한두 명쯤 죽인 건 아무것도 아니다.

사람들은 그렇게 자위했다.

"그럼 위험한 줄도 알았겠군요."

다시 당소정이 말했다.

"물론이오."

"처음부터 지금의 상황을 노렸군요. 그렇죠?"

사람들은 정신이 번쩍 들었다.

말을 들어보니 엽무백은 어쩐지 처음부터 이곳을 목표로

달려온 것 같았다. 마방이 만든 길의 존재를 아는 것이 그랬고, 구릉에서는 보이지도 않는 소협곡의 형태를 환하게 꿰뚫고 있는 것이 그랬다.

엽무백은 아무 말도 하지 않았다.

그게 긍정의 의미라는 걸 모를 사람은 없었다.

"왜죠?"

당소정이 다시 물었다.

"복우산(伏牛山)에서 진령으로 이어지는 초입은 광활한 전나무 숲이 펼쳐지지. 전나무는 초목이 잎을 떨어뜨리는 계절에도 푸르러 숨어들기에 그만이오. 게다가 우리는 지금 밤을 앞두고 있소."

"그 말은… 우리가 적의 시야에서 사라질 거라는 말인가요?"

당소정의 목소리가 점점 잦아들었다.

좌중은 찬물을 끼얹은 것처럼 고요했다.

오백의 병력이 흔적을 감출 수 있을 거라고는 생각도 못했다. 아니, 그건 불가능한 일이다. 그걸 알기에 적의 눈치를 보지 않고 사흘이나 질주를 한 것이 아닌가.

"그렇소."

엽무백이 대답을 하는 순간 곳곳에서 나직한 탄성이 쏟아져 나왔다. 말이 안 되는 소리라는 건 알겠는데 엽무백이 말하니 그럴 수 있을지도 모르겠다는 생각이 들었다.

"그게 어떻게 가능하죠?"

"협곡의 초입에서 또 다른 협곡을 보았겠지요? 강이 지류를 거느리듯 협곡 또한 마찬가지요. 우리가 지나고 있는 이 협곡은 처음에 봤던 협곡의 지류라고 할 수 있소. 대저 본류보다 긴 지류는 없는 법. 처음 보았던 협곡은 동에서 서로 달리는데 그 길이가 무려 백 리에 달하오. 열 명, 백 명의 고수들이라면 모를까 대병력이 백 장 깊이의 협곡을 횡단하는 건 불가능하지. 즉, 근동 백 리 안에서 진령으로 가는 길은 이곳이 유일하단 뜻이오."

"그게 무슨……?"

"다시 말해 이 협곡만 막아버린다면 적을 따돌릴 수 있지."

이 무슨 말도 안 되는 소린가.

본류에 비해 좁다 뿐이지, 지금 이 협곡 또한 작은 인간의 폭으로 보면 엄청난 자연의 장애물이다. 한데 이걸 무슨 수로 막는단 말인가.

"여기서 적을 따돌릴 수만 있다면 백 리의 간격을 벌릴 수 있겠군. 거기에 울창한 전나무 숲이 기다리고 있고, 우리도 가만있지는 않을 테니 밤을 틈타 최대한 달리면… 사흘, 사흘은 벌 수 있겠어. 천망 같은 적의 감시망은 피할 수 없겠지만 사흘 동안 최소한 적의 본대와 부딪치는 않겠군. 과연!"

칠성개가 감탄성을 내뱉었다.

뒤쪽의 대열이 크게 술렁이기 시작했다.

지난 사흘 죽어라 달린 일이 무색하게 제 발로 사지로 걸어 들어온 줄 알았더니 그게 아니었다. 방법은 모르겠지만 엽무 백은 이곳에서 찰거머리처럼 달라붙는 적을 잘라낼 작정이었 다.

무당산에서의 일에 이어 절체절명의 위기가 또 한 번 기회 로 탈바꿈하는 순간이었다.

그때였다.

두두두두두!

지축이 흔들리는 소리와 함께 사람들이 지나온 협곡의 입 구 쪽으로 중무장을 한 기마인들이 새까맣게 나타나기 시작 했다.

第二章

철갑마병

말이 지날 수 있는 길이 좁았던 탓에 엽무백이 이끄는 오백
의 무인들은 일렬로 늘어설 수밖에 없었고, 그 길이는 장장
사오백 장에 달했다. 다시 말해, 대열의 후미는 협곡의 입구
와 오십여 장에 불과했다.

"이러다간 꼬리가 잡히겠어요."

조원원이 말했다.

"서둘러 협곡을 빠져나가야 해요."

당소정까지 나섰다.

"기다리시오."

엽무백이 말했다.

짧고 단호한 음성에 조원원과 당소정도 더는 따지지 못했다. 두 사람은 자연스럽게 한백광을 바라보았다. 엽무백을 제외하면 한백광이 사실상 오백의 별동대를 이끄는 수좌였기 때문이다.

하지만 한백광은 마치 엽무백과 미리 말을 맞춘 듯 차분한 표정으로 후미를 응시할 뿐이었다.

그사이 무서운 속도로 달려오던 적의 선두가 협곡의 입구에서 멈춰 섰다. 바닥이 온통 뾰족한 돌멩이 밭이라는 걸 알아차린 것이다.

"궁수대 앞으로!"

수장인 듯한 자의 음성이 협곡을 쩌렁하게 울렸다. 도검을 든 선두의 무리가 물러나고, 강궁을 어깨에 멘 궁수들이 그 자리를 채웠다.

눈 깜짝할 사이에 백여 명이나 되는 궁수들이 협곡의 입구를 메워 버렸다. 말에서 내린 그들은 대열을 갖추자마자 강궁을 뽑아 시위에 화살을 먹였다.

"발시!"

슈슈슈슈슉!

백여 발의 강전이 협곡의 하늘을 새까맣게 뒤덮으며 날아들었다. 목표는 후미에서 달려가는 사람들. 무서운 속도로 날

아오는 화살에 후미의 무인들은 도검을 급박하게 휘둘러댔
다.

따다다다다당!

콩 볶는 소리가 요란하게 울려 퍼졌다.

도검과 달리 활은 무인들이 애용하지 않는 병기다. 무림인
들이 주로 당면하는 근접전에서 활은 도검에 비해 위력이 현
저히 떨어지기 때문이다.

결국 원거리에서 쏘는 방식을 취할 수밖에 없는데, 이 또한
상대가 어느 정도의 성취만 이뤄도 파공성을 듣고 충분히 피
하거나 쳐낼 수 있다. 한마디로 무인을 상대로 하는 한 근접
전이나 원거리 모두에서 살상력이 떨어지는 계륵 같은 것이
바로 활이다.

그럼에도 불구하고 활을 평생을 함께할 병기로 선택한 자
가 있다면 반드시 경계해야 한다. 활이 태생적으로 가진 한계
를 이미 넘어선 경지라는 의미이기 때문이다.

지금 적들이 쏘는 강전이 그랬다.

이히히힝!

목을 꿰뚫린 말들이 미쳐 날뛰었다.

놀란 말들이 소로에서 벗어나 돌밭으로 뛰어들었다. 말들
은 발굽을 쪼개고 들어오는 돌조각으로 말미암아 단 열 걸음
을 옮기지 못하고 쓰러졌다. 쓰러진 말들 위로 화살이 날아와

고슴도치처럼 박혔다.

눈 깜짝할 사이에 십여 필의 말이 쓰러졌다.

그 와중에도 인명 피해는 거의 없었다. 가장 뒤쪽을 맡았던 무인들은 쓰러지는 말에서 튀어 오르는 한편, 놀라운 검술과 도법으로 적들이 쏘는 강전을 모조리 튕겨냈다.

엽무백이 만약의 경우를 대비해 조장급 이상의 고수 오십을 후미에 배치한 덕이다.

그사이 선발을 쏘았던 궁수대가 물러났고, 또 다른 대가 그 자리를 채웠다. 화살은 또다시 협곡의 하늘을 뒤덮었고, 앞서만큼의 말이 쓰러져 갔다.

그렇게 세 번을 연달아 쏘아대자 후미의 대열은 갈가리 찢어져 버렸다. 화살도 맞지 않았는데 놀라 날뛰는 말들이 점점 많아졌다. 방위를 점하지 못하는 무인들은 도검을 난상으로 휘둘러대다가 급살을 맞고 쓰러지기도 했다.

"더는 기다릴 수 없습니다!"

"기다려!"

엽무백이 단호한 음성으로 한백광의 말을 잘랐다. 평소 잘 쓰지 않는 하대까지 하며 단칼에 잘라 버리자 누구도 이의를 제기하지 못했다.

그렇다고 엽무백이 멈춰 선 것은 아니었다.

속도를 내지 않았을 뿐, 그는 계속해서 절벽 아래로 난 길을 달렸다. 전투를 몸으로 겪고 있는 후미 쪽 사람들이 조급함을 참지 못하고 속도를 냈다. 그 바람에 대열의 밀도가 점점 촘촘해지면서 자칫 전체가 위험해질 수도 있는 상황이 벌어졌다.

그때 갑자기 화살비가 뚝 그쳤다.

궁수대가 썰물처럼 물러나더니 괴상한 복장을 한 사람들이 앞으로 나섰다. 까맣게 탄 얼굴에 짐승 가죽으로 옷을 지어 입었는데 바깥으로 드러난 팔뚝과 얼굴에 섬뜩한 문신이 가득했다.

숫자는 삼십여 명.

한데 사람들은 괴인들보다 그들이 끌고 온 괴짐승에 눈이 박혔다. 짧고 우람한 다리에 얹힌 엄청난 몸집, 육중한 머리통, 두개골을 뚫고 솟은 거대한 두 개의 뿔이 괴짐승의 전체적인 모습이었다.

하지만 눈이 달린 사람이라면 괴짐승의 머리에 난 뿔이 기이한 빛을 띤다는 걸 모르지 않을 것이다. 놈들의 뿔엔 강철이 덧씌워져 있었다.

난생처음 보는 괴짐승으로 말미암아 사람들은 크게 술렁였다. 만약 저 괴물이 강철 뿔을 앞세우고 돌진한다면 남아나는 게 없을 것 같았다.

"저게… 대체 뭐죠?"

조원원이 목소리를 쥐어짰다.

"철갑마병(鐵甲魔兵)이란 놈이야."

엽무백이 말했다.

"그게 뭐죠?"

"물소와 코뿔소를 교배해 나온 놈이지. 가죽은 철갑을 두른 것처럼 단단해서 창검으로도 뚫리지 않고 뿔은 정말로 철갑을 둘러 성문도 뚫을 정도로 강력하지."

"그게 말이 돼요?"

"말이 안 되는 걸 되게 하는 놈들이 있어."

"맹조림(猛鳥林)!"

당소정이 목소리를 쥐어짰다.

남만의 깊은 밀림지대에서 맹수들을 조련하며 산다는 사파의 한 갈래다. 단지 맹수들을 조련하는 것이면 문제가 되지 않는다. 그들은 이종 간의 교배를 통해 세상에 없는 괴물들을 창조해 냈다.

철갑마병도 그런 괴물 중 하나였다.

뿌우우우우!

맹조림의 인물들 중 하나가 뿔로 만든 커다란 나발을 불었다. 그와 동시에 백여 마리의 철갑마병이 뾰족한 돌로 가득한 협곡을 질주하기 시작했다.

발굽이 달린 동물은 그게 두 쌍으로 갈라지거나 그렇지 않

은 종으로 나뉜다. 소, 돼지, 염소, 사슴 등이 전자에 속하고
말, 코뿔소 등이 후자에 속한다.

　물소와 코뿔소를 교배해 만들었지만 철갑마병의 발굽은
코뿔소의 그것을 닮았다. 말과는 비교도 할 수 없을 만큼 크
고 두껍고 단단한 놈의 발굽은 뾰족한 돌멩이를 밟아 으깨 버
렸다. 백 마리의 철갑마병이 달리자 없던 길이 생겨났다.

　철갑마병이 연 길을 따라 도검을 뽑아 든 일천의 고수들이
말을 달렸다. 지축이 흔들리고 돌가루가 뿌옇게 솟아올랐다.
흡사 노도가 밀려오는 듯한 위압감에 사람들은 약속이나 한
듯 엽무백을 바라보았다.

　이제 더는 머뭇거릴 시간이 없다.

　전속력으로 달린다고 해도 저들과 부딪치지 않고 협곡을
빠져나간다는 보장이 없다. 일천이라는 숫자는 차치하고서
라도 백여 마리나 되는 철갑마병이 대열의 중단을 치고 들어
온다면 그야말로 갈가리 찢길 수밖에 없었다.

　비마궁의 병력 이천을 물리친 엽무백을 혈랑삼대 따위가
겁도 없이 단 일천 명으로 추격해 온 이유가 있었던 것이다.
그때 한동안 보이지 않던 당엽이 다시 모습을 드러냈다.

　엽무백이 물었다.

　"지시한 건?"

　"백여 장 정도 남았소. 협곡 한가운데 작은 돌탑을 쌓아 표

시를 해두었소. 미리 말해두건대, 돌탑을 놓치지 마시오. 돌
탑을 놓쳐서 생긴 일은 장담할 수가 없소."

"좋아. 수고했어."

엽무백은 이어 당소정을 돌아보며 말했다.

"소저는 대열을 이끌고 전속력으로 협곡을 빠져나가시오.
어떤 소리가 들리더라도 뒤돌아보지 말 것."

"알겠어요."

"무당, 개방, 청성, 소림의 제자들과 별동대의 조장들은 나
와 함께 협곡에서 철갑마병을 맞는다! 진퇴의 시기를 모두 내
게 맡기고 무조건 복종할 것!"

"복명!"

우렁찬 복창 소리가 울리기 무섭게 엽무백은 말을 버리고
협곡의 복판으로 튀어 나갔다. 한백광, 칠성개, 청성오검, 법
공, 조원원을 비롯한 일류고수 오십이 뒤를 따랐다.

그들은 곧장 철갑마병을 앞세우고 노도처럼 몰려오는 적
들을 향해 신형을 쏘았다.

그사이 당소정이 대열을 돌아보며 소리쳤다.

"모두 서두르세요!"

본시 대륙의 북쪽 새외에서 시작된 맹조림의 역사는 혼세
신교가 대륙을 정벌한 후 크게 바뀌었다. 그들은 야수를 끊임

없이 공급해 주는 남만의 깊은 밀림으로 본거지를 옮겼고, 이후 온갖 사이한 술법을 동원해 갖가지 괴물들을 만들어냈다.

엽무백은 철갑마병이 싸우는 걸 본 적이 있었다.

오래전 맹조림온 초공산의 생일을 맞아 신궁으로 철갑마병 한 마리를 끌고 왔다. 초공산은 수많은 교도들이 지켜보는 앞에서 사람과 철갑마병이 맞붙게 했다.

그때 동원된 고수들의 숫자가 열 명. 하나같이 백인장 급이상의 고수들이었다. 하지만 싸움의 결과는 철갑마병의 일방적인 승리였다.

십여 명이 한꺼번에 덤벼들었지만 일각이 채 지나지 않아 모두가 철갑마병의 뿔에 배를 뚫려 즉사했다.

두꺼운 목 근육이 뿜어내는 괴력과 맹수 특유의 빠른 반사 신경은 백인장 급 고수들의 도검보다 빠르고 강력했다.

그 어떤 초식도 무력화시켜 버리는 가공할 움직임을 엽무백은 십 년이 지난 지금도 똑똑히 기억하고 있었다.

한데 문제는 그다음에 일어났다.

옆구리에 상처를 입은 철갑마병은 조련사의 통제를 벗어나 미쳐 날뛰기 시작했다. 신교의 강력한 무기에 해당했던 철갑마병이 통제를 벗어나는 순간 아군을 해치는 위협이 되었다.

철갑마병은 장내를 뛰어다니며 사람들을 닥치는 대로 들

이받았다. 누군가는 뿔에 배를 뚫렸고, 누군가는 육중한 발에 밟혀 온몸의 뼈가 으스러졌다.

그렇게 일각여를 뛰고 달리자 철갑마병은 사람의 피를 흠뻑 뒤집어썼고, 뿔에는 누구의 것인지도 모를 창자가 어지럽게 걸려 있었다.

괴수가 따로 없었다.

급기야 혈랑삼대의 총대주 화문강이 휘하의 고수들을 이끌고 뛰어들었다. 화문강은 수하들이 철갑마병의 시선을 끄는 사이 놈의 머리를 타고 올라가 뒷덜미에 검 한 자루를 박아 넣음으로써 반 시진여에 걸친 괴수의 난동에 종지부를 찍었다.

철갑마병을 통제하지 못한 맹조림의 임주는 크게 당황하며 엄벌을 각오했지만, 초공산은 오히려 황금 십만 냥을 하사함으로써 맹조림에 힘을 실어주었다.

그리고 십여 년이 지난 지금, 맹조림이 철갑마병 백 마리를 이끌고 다시 나타났다. 단 한 사람, 엽무백을 잡기 위해서.

뾰족한 돌멩이 밭 위를 나는 듯 달린 엽무백과 오십의 결사대는 협곡의 복판에서 철갑마병 일백과 맞닥뜨렸다.

"모두 뿔을 조심할 것!"

엽무백이 명령을 내리기 무섭게 오십의 결사대가 좌우로 흩어졌다. 인명 피해는 즉각 발생했다. 서편으로 달려갔던 결

시대 중 한 명이 휘두르는 도검을 뚫고 철갑마병이 가슴을 들이받았다.

"커헉!"

짧은 단말마와 함께 결사대의 무인은 거대한 뿔에 가슴을 꿰뚫렸다.

철갑마병은 그대로 머리를 세차게 꺾었다.

아직 숨이 끊어지지 않은 결사대의 무인은 허공으로 대여섯 장이나 솟구친 후에 바닥으로 떨어졌다. 또 다른 철갑마병이 쓰러진 그를 짓밟으며 달렸다.

좀 전까지만 해도 펄펄 날던 인간의 육체는 팔백 근의 무게를 이기지 못하고 무참하게 으깨졌다.

즉사였다.

그사이 또 다른 결사대의 무인이 귀신같은 신법을 발휘, 철갑마병의 측면을 향해 검을 힘차게 찔렀다. 하지만 검은 가죽을 뚫지 못했다. 오히려 부러질 듯 휘었다가 도로 튕겨 나올 뿐이었다.

순간, 뒤편에서 또 다른 철갑마병이 그를 들이받았다. 거대한 뿔이 가슴을 뚫고 나왔다. 시야가 가려진 철갑마병은 머리를 세차게 흔들어댔지만 뿔이 기묘한 방향으로 꺾인 터라, 시체는 좀처럼 떨어지지 않았다.

눈 깜짝할 사이에 두 명이 죽었다.

하지만 사람들은 동요하지 않았다.

엽무백은 더욱 속도를 높였다.

엽무백을 노리고 선두에서 달려들던 철갑마병 한 마리가 머리를 숙였다. 철갑을 씌운 거대한 뿔 두 개가 엽무백을 그대로 뚫어버릴 듯 돌진했다.

팔백 근에 달하는 무게와 함께 전속력으로 달린 이후의 가속도가 뿔에 집중되었다. 그 파괴력은 감히 인간의 힘으로 막아낼 수 있는 것이 아니었다.

아슬아슬한 순간, 엽무백은 바닥을 짧게 박찼다. 철갑마병의 뿔이 발아래로 지나치는 사이 엽무백은 공중에서 한 바퀴를 돌아 천근추의 수법으로 놈의 주둥이를 밟았다.

쿵!

묵직한 힘과 함께 철갑마병의 머리가 바닥에 처박혔다. 그와 동시에 엽무백은 다시 한 번 격보를 펼쳐 허공으로 대여섯 장이나 솟구쳤다. 달려오는 힘을 이기지 못한 거대한 몸집이 반원을 그리며 나동그라졌다.

우당탕탕!

꾸우우우!

굉음과 철갑마병의 비명이 뒤를 이었다.

돌덩이가 사방으로 튀어 오르고 지축이 크게 흔들렸다. 철갑마병의 비명은 무림고수의 사자후보다 더 크게 협곡을 울렸다.

그게 끝이 아니었다.

꽁무니에 바짝 붙어 오던 또 다른 철갑마병이 다리를 걸려 쓰러졌고, 뒤를 이어 두세 마리가 더 부딪혀 쓰러졌다. 흡사 산이 무너지는 듯한 웅장한 소리와 철갑마병들의 비명이 천지를 뒤흔들었다.

그때쯤 엽무백은 철갑마병의 무리 한가운데 있었다. 흥분한 철갑마병들이 엽무백을 발견하고는 미친 듯이 질주했다.

엽무백은 줄곧 등에 메고 있던 장창을 풀어 양손으로 쥐었다. 동시에 낙뢰창(落雷槍)의 수법을 발휘, 가장 가까운 곳에서 달려들던 놈의 정수리를 찍었다.

픽! 소리와 함께 정수리를 뚫고 들어간 창은 바닥까지 그대로 이어졌다. 칠성의 내력이 담긴 힘이었다. 무서운 속도로 달려오던 철갑마병의 정수리를 축 삼아 또다시 허공으로 떠오르며 반원을 그렸다.

엽무백은 창을 뽑아 회전하는 철갑마병의 아래로 지나가 버렸다. 동시에 좌측으로 스쳐 가는 또 다른 철갑마병의 목덜미를 찌르고, 우측으로 빠져나가던 철갑마병 역시 늑골에 구멍을 뚫었다.

눈 깜짝할 사이에 세 마리의 철갑마병을 추가로 쓰러뜨린 엽무백은 또다시 제물을 찾아갔다. 그때부턴 일방적인 학살이 자행되었다.

새까맣게 몰려오는 거대 짐승을 상대로 한 인간의 싸움은 조용하던 협곡을 순식간에 비명과 피보라가 낭자한 지옥도로 만들어 버렸다.

한백광은 처음부터 검을 뽑지 않았다.

그는 엽무백처럼 철갑마병을 본 적이 있었고, 놈의 피부는 도검으로도 뚫을 수 없다는 걸 알았다. 무당파의 진전을 이은 자신이니 굳이 뚫자면 못할 것도 없었다.

하지만 그건 진력이 크게 소모되는 일이었고 성과 면에서도 비효율적이었다.

천만다행으로 한백광이 익힌 무당파의 무공은 지금과 같은 경우에 아주 효율적이었다. 유능제강(柔能制剛)이라는 말도 있거니와 태극권은 그 어떤 거력도 제압할 수 있는 무학이 아니던가.

한백광은 철갑마병과 정면승부를 내는 것을 두려워하지 않았다. 그는 굳건히 버티고 서서 태산처럼 돌진해 오는 철갑마병의 뿔 하나를 잡았다.

동시에 한쪽으로 몸을 급격하게 비트는 한편, 달려오는 놈의 힘을 역이용해 옆으로 꺾었다.

이른바 사 량으로 능히 천 근의 힘을 낸다는 사량발천근의 수법이다.

머리통이 꺾이는 순간 거대한 몸집의 철갑마병이 중심을 잃고 쓰러졌다.

우당탕탕!

꾸우우!

픽!

쓰러진 놈의 목 아래쪽 급소에 묵직한 암경이 실린 일격을 가하는 것으로 상황은 마무리되었다.

법공은 두 자루 곤을 뽑아 들고 싸웠다.

그는 평생 곤을 잡고 살았고, 급기야 곤왕으로까지 불렸다. 곤만 있으면 세상에 무서울 게 없었다. 하지만 그는 오늘 난생처음 자신의 두 자루 철곤으로도 쓰러뜨릴 수 없는 생명체가 있다는 걸 깨달았다.

따다다당!

소림의 내력이 실린 폭풍 같은 난사에도 불구하고 철갑마병의 뿔은 꿈쩍도 하지 않았다. 육중한 힘에 놈들의 머리통이 이리저리 뒤흔들리기는 했지만 팔백 근에 달하는 거구를 쓰러뜨리기에는 역부족이었다.

살다 살다 이런 괴물은 처음이었다.

정수리는 어느 동물에게나 가장 취약한 급소다.

소림의 역근경의 내공이 실린 일격을 맞고도 잠시 비틀거리는 게 전부라니.

반면 놈들은 무지막지한 힘으로 법공을 들이받았다. 결정적인 순간 놈의 정수리에 십성의 공력이 실린 일격을 가하지 않았다면 저 거대한 뿔에 뱃가죽을 뚫렸을 것이다.

하지만 그마저도 놈을 쓰러뜨리기에는 역부족이었다. 철갑마병은 한차례 비틀거리더니 이내 대가리를 세차게 흔들고는 다시 법공을 들이받았다.

부지불식간에 철갑마병의 뿔 하나가 가랑이 사이로 들어왔다. 배를 노리는 왼쪽 뿔을 피해 오른쪽으로 방향을 틀었는데 하필 가랑이를 내주는 꼴이 되어버렸다.

문제는 그 후였다.

철갑마병은 가공할 반사신경으로 머리를 힘껏 들어 올렸다. 무얼 어떻게 해볼 사이도 없이 법공은 허공을 대여섯 장이나 날아간 다음 바닥에 내팽개쳐졌다.

쿵!

뾰족뾰족한 돌조각이 등을 후끈하게 찔러왔다.

"이런 씨벌!"

법공은 돌연 오기가 솟구쳤다.

발딱 일어난 법공은 양손에 쥐고 있던 곤을 허리춤에 꽂았다. 그리고 자신의 뱃가죽을 뚫기 위해 맹렬한 속도로 달려오는 철갑마병을 향해 마주 달려갔다.

격돌의 순간 법공은 철갑마병의 두 뿔을 양손으로 덥석 잡아버렸다. 동시에 대력금강수(大力金剛手)의 한 초식을 발휘, 철갑마병의 대가리를 세차게 비틀었다.

대저 땅에 난 풀을 뜯어 먹는 짐승들이란 목 근육이 아래위로 움직이기 좋도록 발달하게 마련이다. 이런 경우 좌우로 비트는 힘이 약할 수밖에 없는데, 철갑마병 역시 그랬다.

꾸우우우!

귀청을 찢는 울부짖음과 함께 철갑마병의 목이 옆으로 꺾여 버렸다. 달려오던 속도를 이기지 못하고 거구의 철갑마병이 쓰러졌다. 그 순간 법공은 놈의 목에 찰싹 올라탄 다음 눈위의 관자놀이를 향해 대홍권(大紅拳)을 난사했다.

퍼퍼퍼퍼퍽!

무려 대여섯 방이 작렬하고서야 철갑마병은 정신줄을 놓았다.

"하아, 뭐 이런 괴물이 다 있지!"

그 순간, 육중한 힘 하나가 법공의 옆구리를 가격했다.

뼈엉!

엄청난 충격과 함께 법공은 허공에 뜬 상대로 밀려 나갔다. 또 다른 철갑마병 한 마리가 자신을 들이받았고, 놈의 양 뿔 사이에 몸통이 낀 채로 달려가고 있다는 걸 깨닫는 데는 그리

오랜 시간이 걸리지 않았다.

"미치겠네!"

그 순간, 좌방의 허공에서 낯익은 거지 하나가 뚝 떨어졌다.

칠성개였다.

칠성개는 떨어지는 속도 그대로 천근추의 수법으로 철갑마병의 머리통을 밟았다. 보통의 상태라면 뿔 때문에 어림도 없겠지만, 법공이 놈의 시야를 가린 터라 가능했다.

육중한 힘이 가해지자 철갑마병의 머리통이 바닥에 처박혔다. 그 힘을 이기지 못하고 철갑마병이 반원을 크게 그리며 쓰러졌다.

칠성개는 재빨리 몸을 뺐지만, 불행하게도 법공은 뿔에 엉덩이가 끼어 그러질 못했다. 철갑마병은 법공을 끼운 채로 뒤집어졌다.

쿵!

꾸우우우!

지축을 뒤흔드는 굉음과 괴수의 울부짖음이 뒤를 이었다. 뿌연 먼지가 한차례 일어났다가 사라졌다. 법공은 뿔이 만든 공간 아래에 허리가 반으로 접힌 채 끼어 있었다.

쓰러질 때의 충격 때문인지 철갑마병은 정신을 잃고 움직이질 않았다.

"뭘 보고만 있어. 어서 빼주지 않고!"

법공이 버럭 소리를 질렀다.

얼굴은 철갑마병의 등에 깔려 보이지도 않는데 목소리만 들렸다. 그래도 살아 있기는 한 모양이었다.

칠성개가 재빨리 달려가 법공의 엉덩이를 잡고 뺐다. 철갑마병이 깔아뭉갠 법공의 얼굴은 그야말로 처참했다. 콧구멍에서는 피가 줄줄 새고 머리카락은 산발이 따로 없었다.

"목숨 한번 질기네."

"떠벌리고 다니면 죽을 줄 알아."

"뭐? 소림의 승려가 소뿔에 끼어 죽을 뻔했다는 거?"

"죽긴 누가 죽어!"

"됐고. 지금이라도 살아남으려면 머리를 써, 머리를."

"무슨 소리야?"

"저길 좀 봐!"

칠성개가 한쪽을 가리켰다.

십여 장쯤 떨어진 곳에 엽무백이 철갑마병을 쓰러뜨리며 다니고 있었다. 한데 그 수법이 참으로 놀라웠다.

엽무백은 철갑마병의 대가리와 대가리를 천근추의 수법으로 밟고 다녔다. 철갑마병은 천중을 향해 대가리를 맹렬하게 흔들어대며 엽무백을 위협했지만, 그때마다 엽무백은 신묘한 발재간으로 뿔을 피해 정수리를 밟아 뭉개 버렸다.

무서운 속도로 달려가던 철갑마병이 땅바닥에 대가리를 박으며 쿵쿵 뒤집어졌다. 잠깐 보는 사이에도 대여섯 마리가 엽무백의 발아래 쓰러졌다.

"방법은 저것밖에 없어. 놈의 몸통에 상처를 내자고 들면 못할 것도 없지만 그건 지나치게 비효율적이야."

"난 저만한 발재간이 없어."

"네가 앞에서 철갑마병의 시선을 끌어. 내가 측면에서 날아들어 놈들의 대가리를 바닥에 처박을게!"

"날 미끼로 쓸 참이냐!"

"발재간이 없다고 말한 건 너지 않나!"

"그건……!"

"싫으면 계속 혼자서 싸우든가!"

"누가 싫다고 그래!"

말과 함께 법공이 좌측에서 달려오는 철갑마병을 향해 신형을 날렸다. 순식간에 뽑아 든 쌍곤이 철갑마병의 머리 위에서 난사되었다.

따다다다당!

육중한 철갑마병의 대가리가 좌우로 흔들리며 한순간 혼미해지는 듯했다. 그 틈을 타 칠성개가 허공을 날았다. 그러곤 곧장 철갑마병의 정수리를 찍어 눌렀다.

거대한 몸집이 눈 깜짝할 사이에 반원을 그리며 뒤집어졌다. 굉음과 괴수의 울부짖음이 또 뒤를 이었다.

이 작전은 매우 효과가 있었다.

잠깐 사이에 법공과 칠성개는 두 마리의 철갑마병을 쓰러뜨렸다. 수뇌부와 함께 온 오십의 결사대 역시 두세 명씩 짝을 지어 비슷한 방식으로 철갑마병을 쓰러뜨리기 시작했다.

철갑마병은 계속해서 돌진해 왔다.

엽무백과 오십의 결사대는 접전과 후퇴를 반복하며 무려 반 각이나 싸웠다. 그 과정에서 오십여 마리의 철갑마병을 쓰러뜨렸다.

하지만 쓰러졌다고 죽은 게 아니었다.

혼절했던 철갑마병 중 일부가 다시 살아났고, 그것들은 대열을 무시한 채 돌진해 왔다. 철갑마병은 더욱 흉포해졌고, 오십의 결사대는 점점 피로해졌다.

그때쯤엔 철갑마병의 뒤쪽에서 기회를 엿보던 천여 명의 무인이 마침내 전면전을 시작했다. 그들은 철갑마병 사이로 물밀 듯이 달려와 무차별적인 공세를 퍼부었다.

철갑마병만을 상대하기에도 벅찼던 오십의 결사대는 당황할 수밖에 없었다. 신경이 분산되자 인명피해는 급속도로 증가했다. 무공이 약한 자들과 적진 깊숙이 남아 있던 자들부터 차례로 피를 뿌리며 쓰러져 갔다.

"더는 무리입니다!"

한백광이 엽무백에게 다가와 말했다.

엽무백은 좌우를 살펴보았다.

법공, 청성오검, 칠성개를 비롯해 결사대의 고수들이 철갑마병을 맞아 미친 듯이 싸우는 모습이 보였다. 애초 오십에 달했던 숫자는 서른 남짓으로 줄어들었다.

어쩔 수 없는 희생이었다.

백 마리의 철갑마병과 일천에 달하는 마교의 타격대를 상대로 일각 넘도록 싸워 스무 명만 잃은 것으로도 기적 같은 일이었다.

또 하나 천만다행인 것은 결사대가 시간을 버는 사이 오백의 본대는 백여 장 이상 멀어졌다는 점이었다.

"전속력으로 퇴각한다!"

엽무백의 사자후가 협곡을 쩌렁하게 울렸다.

동귀어진할 것처럼 싸우던 결사대의 고수들이 기다렸다는 듯이 몸을 빼고 달렸다.

第三章 이성녀(二星女)

협곡의 한쪽 벽면을 따라 달리는 오백의 기마인과 그들의
뒤를 바짝 추격하는 한 떼의 철갑마병, 그리고 일천 병력이
만들어내는 풍경은 아수라장이 따로 없었다.

협곡은 말발굽 소리로 지축이 흔들렸고, 철갑마병의 질주
로 말미암아 돌먼지까지 뿌옇게 솟아올랐다. 철갑마병의 위
력은 그토록 대단했다.

오백의 병력은 도망가기에 급급했다. 한순간 엽무백이 오
십의 고수를 이끌고 철갑마병과 맞서보기도 했지만 두려움을
모르는 괴수들에겐 중과부적이었다.

혈랑삼대의 총대주이자 일천의 병력을 이끌고 온 유룡검(遊龍劍) 화문강은 달리는 말에 더욱 채찍질을 가했다.

북천삼시와 함께한 대별산에서 수하들 절반이 죽었다. 그 한 번의 싸움으로 그는 지금껏 이룩한 모든 것을 잃었다. 엽무백을 잡지 못한 쓰라린 실수와 패장이라는 손가락질은 그를 나락으로 떨어뜨렸다.

만박노사와 교주는 이제 더 이상 자신을 신뢰하지 않는다. 주군의 신뢰를 잃은 장수에게 더 남은 게 무엇이리오.

한데 그에게 다시 한 번의 기회가 찾아왔다.

삼백의 병력을 이끌고 호북의 동남쪽에서 천라지망의 한 축을 맡고 있던 그에게 천망의 각주로부터 급보가 날아온 것이다.

놈이 오백의 병력을 이끌고 대망곡으로 가고 있음. 현재로선 혈랑삼대가 가장 가까운 곳에 포진해 있으니 속히 병력을 이동하면 접전을 벌일 수 있을 것.

신궁 내의 여러 세력은 수직적으로도 줄을 대지만 수평으로 줄을 댄다. 화문강은 천망과 손을 잡았다. 천망에 무력이 필요한 일이 있으면 휘하의 고수들을 보내주었고, 정치적인 힘이 필요할 때는 힘을 실어주었다.

그동안 공을 들인 보람이 있었는지 천망의 각주가 이렇듯 알토란같은 정보를 보내주었다. 전서에 딱히 적지는 않았지만 천망 각주는 약간의 시차를 두고 다른 곳에 알려줄 것이다.

혈랑삼대가 가장 가까이 있는데다, 가장 먼저 정보를 접했으니 다른 대(隊)보다 빨리 도착할 것은 자명했다.

화문강은 대망곡에 대해서 잘 알고 있었다.

바닥에 지천으로 깔린 화강암 조각은 칼날처럼 날카로워 말을 타고는 절대로 갈 수 없었다. 말을 버린다고 해도 어지간한 고수가 아니고서는 움직임이 둔해질 수밖에 없었다.

그 지리를 이용하면 승산이 있었다.

화문강은 즉시 근동에 흩어진 혈랑삼대의 수하들에게 향구를 띄웠다. 내용은 즉시 대망곡으로 달려올 것.

그리고 멀지 않은 곳에 있던 맹조림의 파견대에게도 급보를 보냈다. 비록 한 번의 패전으로 치욕을 겪었다고는 하나 혈랑삼대의 총대주 자리는 결코 낮지 않았다.

맹조림은 노련한 조련사들과 함께 철갑마병 백 마리를 급하게 보내왔다. 마침내 이곳 대망곡에서 화문강은 엽무백이 이끄는 오백의 별동대와 만났고, 전투를 벌였다. 그리고 지금 전세는 화문강에게 일방적으로 유리하게 돌아갔다.

철갑마병을 동원한 작전이 정확하게 맞아 들어간 것이다.

지금도 엽무백과 일대일로 싸워서 이길 자신은 없다. 그는 이미 일개 대주의 신분으로 어떻게 해볼 수 없는 거물이 되어버렸다.

하지만 운신이 자유롭지 못한 대망곡에서라면 철갑마병으로 그를 밀어붙일 수 있을지 모른다. 최악의 경우 엽무백을 잡지는 못하더라도 그를 보고 몰려온 오백의 별동대를 몰살할 수는 있다. 다시 교주와 만박노사의 신망을 얻을 수 있는 절호의 기회였다.

적 후미와의 거리가 이십여 장으로 좁혀졌다.

"비궁대, 활을 준비하라!"

화문강이 외쳤다.

철갑마병의 꽁무니를 바짝 따르며 달리던 비궁대의 고수들이 달리는 와중에 화살을 재고 시위를 걸었다.

첫 번째 발시로 적들의 달려가는 속도를 늦추고, 그사이 철갑마병이 중단을 뚫고 들어가 적 대열을 갈가리 찢어놓는 것이 일차 목표였다.

그런 다음 철갑마병의 돌파력과 일천이라는 압도적인 숫자를 앞세워 적을 쓸어버리면 모든 게 끝난다.

실패하려야 할 수가 없는 그런 전투.

한데, 이 모든 것을 수포로 만드는 일이 벌어졌다. 그건 하나의 섬광으로 시작되었다.

번쩍!

협곡이 온통 백광으로 변했다고 느끼는 순간, 엄청난 굉음이 고막을 때렸다.

꾸아앙!

난데없이 협곡의 바닥이 섬광과 함께 솟구쳤다. 온몸을 덮쳐 오는 막강한 폭압을 느끼는 순간, 화문강은 가장 가까운 곳에 있던 백인장의 뒷덜미를 낚아챘다. 동시에 그를 방패 삼아 무섭게 날아오는 돌덩이를 막아냈다.

퍼퍼퍼퍼퍽!

돌덩이들이 백인장의 온몸을 난타했다.

그 충격으로 화문강은 무려 이십여 장이나 날아간 끝에 바닥에 나동그라졌다. 그에게 뒷덜미를 잡혔던 백인장은 형체를 알아볼 수 없을 만큼 난자당한 상태였다.

이름은 정덕오, 무려 십 년간이나 함께 전쟁터를 누빈 수하였다. 하지만 수하의 죽음에 애통할 시간도 없이 폭발은 계속해서 이어졌다.

꽝! 꽝! 꽝! 꽝! 꽝!

협곡의 중앙 바닥에서부터 시작된 폭발은 마치 거인의 발자국처럼 꽝꽝 터져대며 혈랑삼대의 복판까지 이어지더니 좌우의 절벽을 타고 올라갔다. 폭발은 절벽의 중단에서 절정을 이루었다.

꾸르르, 콰쾅!

바닥에서는 날카로운 돌덩이들이 튀어 오르고 좌우에선 까마득한 절벽이 통째로 무너졌다. 백광 속에 잠겼던 철갑마병의 육중한 몸뚱어리가 폭압을 견디지 못하고 허공으로 휙휙 날아다녔다.

놀란 철갑마병들이 찢어지게 비명을 질렀다.

그러다 어느 순간부터는 모든 소리가 사라져 버렸다. 보이는 것이라곤 그저 하늘에서 떨어지는 돌덩이, 찢기고 터져 나가는 철갑마병, 그리고 사람들의 잔해뿐이었다.

한순간 돌가루가 산처럼 솟아오르며 그마저도 모두 집어삼켜 버렸다. 한 치 앞을 볼 수 없었다.

벽력궁의 폭기다!

벽력궁의 폭기 중 일부가 적의 수중에 떨어졌다는 사실은 이미 알고 있었다. 때문에 폭기에 불을 붙이거나 투척할 시간적 여유를 주지 않았다.

하물며 지금의 폭기는 투척한 것이 아니라 매설을 한 것이다. 하나가 터지면 다른 것이 연쇄적으로 터질 수밖에 없을 만큼 가까운 거리에. 놈들은 이걸 도대체 언제 매설했다는 말인가.

화문강이 뒤늦게 함정에 빠졌다는 것을 알아차렸다. 잠시 후 돌가루가 서서히 가라앉으며 참혹한 장면이 보이기 시작했다.

좀 전까지만 해도 남북으로 길게 뻗은 협곡엔 크고 작은 바위들이 산처럼 쌓여 있었다. 좌우의 절벽이 통째로 무너져 협곡을 메워 버린 탓이다.

폭발의 영향력 아래에 있었던 백여 마리의 철갑마병과 수백의 병력은 흔적도 없이 사라져 버렸다. 보이는 것이라곤 여기저기 뒹구는 인체의 잔해, 시뻘건 핏물, 그리고 바위 사이에 끼여 죽어가는 자들뿐이었다.

눈 깜짝할 사이에 협곡은 지옥도로 변해 버렸다.

남은 병력은 오백여 명, 그들은 공포와 충격으로 이러지도 저러지도 못하고 있었다.

"뭣들 하느냐! 말을 버리고 산을 넘어라!"

화문강이 발작적으로 소리쳤다.

하지만 아무도 함부로 바위산을 오르는 이가 없었다. 대로한 화문강이 검을 뽑아 들고는 좌중을 쓸어보며 외쳤다.

"물러나는 놈은 목을 베겠다!"

그때 백인장 하나가 다가와 말했다.

"고정하십시오, 대주. 바위가 불안정해 함부로 넘으려 했다간 큰 사고로 이어질 수 있습니다."

화문강은 화를 가라앉히고 바위산을 다시 한 번 살폈다. 백인장의 말이 맞다. 폭발로 말미암아 제멋대로 쌓인 바윗덩어리들은 금방이라도 무너질 것처럼 아슬아슬했다. 저 산을 오르다가 자칫 무너지기라도 한다면 큰 손실을 입을 것이다.

"신법이 뛰어난 자들을 골라 길을 찾게 하라. 안전을 먼저 확인한 후 본대가 넘는다."

"적들에게 아직 폭기가 남아 있을지도 모릅니다. 만약 그걸 바위산 정상에 매설을 하고 본대가 넘어오기를 기다린다면……!"

화문강의 두 눈이 튀어나올 듯 커졌다.

분노로 이성을 잃는 바람에 간과했는데 과연 그럴 수도 있지 않은가. 서둘러 바위산을 넘을 게 아니다.

"빌어먹을!"

화문강은 어금니를 꽉 깨물었다.

이 치욕을 어떻게 갚으면 좋단 말인가.

화문강은 온몸의 피가 끓어오르는 분노를 느꼈다. 그때, 후미를 맡았던 부장 하나가 달려와 놀라운 소식을 전했다.

"고립된 적 하나가 후미에서 우리 쪽 무인들과 접전 중입니다."

"무어?"

"철갑마병을 막아서던 적 결사대가 후퇴할 당시 미처 몸을 빼지 못한 모양입니다."

충분히 가능한 일이었다.

백여 마리의 철갑마병과 일천의 무인이 질주할 때는 뿌옇게 솟구친 먼지와 함께 아수라장이 따로 없었기에 적아를 구분하기도 어렵지 않았다.

　"한데 놈이 왜 아직도 살아 있지?"

　화문강은 고립된 적이 있다는 사실보다 그놈이 적진 한가운데 고립되고도 아직 살아 있다는 게 더 의아했다.

　"계집의 경신공이 예사롭지가 않습니다."

　"계집? 경신공?"

　순간 화문강의 머릿속에 떠오른 인물이 있었다.

　그가 눈동자를 빛내며 말했다.

　"가자!"

＊　　　＊　　　＊

　협곡을 가득 메운 바윗덩어리를 보는 순간, 오백의 정도 무림인들은 입이 떡 벌어졌다. 엽무백은 도대체 언제 벽력궁의 폭기를 설치했을까? 필시 당엽을 시켜 매설을 한 모양인데, 당엽은 벽력궁의 폭기를 또 어떻게 다룰 수 있는 걸까?

　언제나 적들의 머리 꼭대기에서 상황을 주도하는 엽무백을 보고 있노라면 놀랍다 못해 기가 질릴 정도였다.

　그 와중에도 당엽은 폭기를 다루는 데 능한 몇몇 고수들과 함께 새롭게 생겨난 언덕 곳곳에 또 다른 폭기들을 매설하는 중이었다. 적들이 도보로 저 산을 넘어 진군하려 했다간 또다시 황천으로 갈 수밖에 없을 것이다.

이렇게 해서 근동 백 리를 통틀어 진령으로 가는 유일한 길이 막혀 버렸다. 이제 진령의 울창한 숲으로 들어가 금사도를 찾아가는 일만 남았다.

사람들은 서로를 얼싸안고 환호성을 질렀다.

"이번에도 대승이다!"

"마교 놈들이 혼비백산하는 거 봤지?"

"내 평생 오늘처럼 통쾌한 적은 처음이다!"

사람들이 왁자지껄하게 떠드는 사이 진자강이 다가와 엽무백의 옷자락을 잡아당겼다.

"아저씨, 아까부터 원원 누나가 안 보여요."

당엽이 협곡의 잔해에 폭기를 설치하다가 말고 진자강을 바라보았다. 승리를 자축하던 사람들도 황급히 주변을 둘러보았다. 조원원이 사람들 속에 섞여 있는지 확인하려는 것이다.

하지만 조원원은 나타나지 않았다.

좌중이 한순간 찬물을 끼얹은 듯 고요해졌다.

엽무백이 당소정을 향해 빠르게 명령을 내렸다.

"사람들을 이끌고 진령으로 가시오. 방향은 서북, 쉬지 말고 전속력으로 달려야 할 것이오."

"알았어요."

당소정이 대답을 하는 사이 엽무백은 이미 협곡의 가장자리를 향해 달리고 있었다. 그쪽은 천 길 절벽이 버티고 선 곳이었다.

하지만 엽무백은 절벽과 부딪치기라도 하려는 듯 속도를 늦추지 않았다. 지척에 이르자 그는 격보를 펼쳐 잠깐 몸을 띄우더니 하늘을 향해 뻗은 절벽을 평지를 달리듯 그대로 타고 올라갔다. 듣도 보도 못한 저 괴이한 경신공에 사람들은 입을 쩍 벌렸다.

당엽과 법공 등 몇몇 사람이 그 뒤를 따랐다.

*   *   *

일다경 전의 일이었다.

조원원은 자신의 귀를 의심했다.

그건 분명 벽력궁의 폭기가 한꺼번에 폭발하는 소리였다. 아니나 다를까 저 멀리 보이는 협곡의 복판이 섬광으로 번쩍이는가 싶더니 좌우의 협곡이 무너져 내렸다.

진령으로 가는 유일한 길목이 막혀 버린 것이다.

그때까지 그녀는 적들과 접전을 벌이고 있던 처지였다. 이제는 몸을 뺀다고 해도 갈 곳이 없다.

상대적으로 내공이 약한 그녀의 피로는 이루 말할 수가 없었다. 하늘 아래 가장 빠른 유성하에 의지해 한동안은 종횡무진했지만 철갑마병을 상대하느라 지나치게 기력을 소모한 탓에 약발이 오래가지 못했다.

급기야 둔해진 움직임을 틈타 혈랑삼대의 무인들이 그녀를 에워쌌다. 적들은 초장부터 무지막지한 공세를 퍼부었다.

세 자루의 검이 폭풍우처럼 그녀의 요혈을 노렸다. 조원원은 급박하게 물러나며 연검을 휘둘러댔다.

까라라랑!

맹렬한 금속성과 함께 불꽃이 사방으로 튀었다.

본시 그녀의 검공은 보잘것없었다. 유성하의 놀라운 경신법이 보잘것없는 검공을 보완했기에 고수 소리를 들을 수 있었다.

하지만 지금은 천근만근으로 무거워진 몸과 바닥에 가득한 돌칼, 적들로 인해 꽉 막혀 버린 투로로 말미암아 제 실력을 발휘할 수가 없었다.

예리한 검초가 벼락처럼 전권을 뚫고 들어왔다.

조원원은 헐보상붕(歇步上崩)의 수법을 발휘, 한 발을 뒤로 빼며 검을 날쌔게 젖혀 올렸다. 이 한 수는 주효해서 연검이 적의 검신을 타고 곧장 가슴을 뚫었다.

"커헉!"

선방에서 요란하게 검초를 뿌려대던 자가 피를 뿌리며 쓰러졌다. 공격의 축이었던 자가 쓰러지자 두 사람은 쉬웠다. 연검이 춤을 추었고, 나머지 두 녕 역시 순식간에 피를 뿌리며 쓰러졌다.

죽으나 사나 믿을 것은 경신공밖에 없었다.

조원원은 재빨리 신형을 뽑았다.

당황한 적들이 곳곳에서 도검을 휘두르며 막아섰다. 하지만 깃털처럼 가볍고 바람처럼 빠른 그녀를 잡기에는 역부족이었다.

조원원은 접전을 최대한 자제한 채 무려 오십여 장을 달렸다. 그러다 어느 순간, 협곡 사이로 난 또 다른 작은 협곡을 발견하고는 그리로 뛰어들었다. 뒤에서는 적 고수들이 밀밭을 발견한 메뚜기 떼처럼 추격해 왔다.

얼마나 달렸을까?

전방으로부터 정체를 알 수 없는 흑의인들이 뚝뚝 떨어져 내렸다. 필시 협곡의 바깥, 절벽 꼭대기로부터 떨어져 내리는 것이리라.

절벽의 높이는 아무리 낮게 잡아도 삼십여 장, 그만한 높이를 밧줄 하나에 의지해 떨어져 내리는 것은 보통의 경지가 아니고서는 불가능한 일이었다.

숫자는 잠깐 사이에 오십여 명을 넘겼다.

불과 오십여 명이었지만 조원원은 거대한 산이 버티고 있는 듯한 압박감을 느꼈다. 새로 나타난 자들의 기도가 예사롭지 않았던 탓이다.

그때, 또 한 번의 기이한 일이 벌어졌다.

머리 위 하늘로부터 사인교가 사뿐하게 떨어져 내리는 게 아닌가. 건장한 체격을 자랑하는 네 명의 초로인이 둘러멘 사인교는 검은 천을 창문에 드리우고 있어 누가 탔는지 알 수가 없었다.

그때 후방에서 추격하던 적들도 들이닥쳤다.

숫자는 오백여 명, 협곡이 폭발하는 와중에 살아남은 적 병력 모두가 조원원 한 사람을 잡겠다고 달려온 모양이었다.

선두에 선 자는 서릿발 같은 기도를 풍기는 사십대의 장년인이었는데 폭발의 여파 때문인지 옷자락이 갈가리 찢겨 있었다.

그가 누구인지는 조원원도 알고 있었다.

전날 대별산에서 격돌을 했고, 엽무백으로부터 그에 대한 이야기를 들었다. 혈랑삼대의 총대주이자 신교에서도 수위를 다툰다는 유룡검 화문강이 바로 그였다.

한데 놀라운 일이 또 이어졌다.

화문강과 그를 따르던 수하들이 사인교를 발견하는 순간

흠칫 놀라너 그 자리에 멈춰 선 것이다. 조원원은 어리둥절한 표정으로 화문강 무리와 사인교를 번갈아 보았다.

'이건 또 뭐지?'

잠시 후, 사인교가 바닥에 놓이고 한 사람이 걸어 나왔다.

서른 살가량이나 되었을까?

봉황이 수 놓인 백의 궁장에 보옥으로 요란하게 치장한 패검을 허리에 찼는데, 초승달 같은 아미와 백옥처럼 투명한 피부가 눈부시게 아름다웠다.

놀랍게도 사인교의 주인은 여자였다.

조원원은 그대로 흠칫 굳어버렸다.

세상에 태어나 이토록 아름다운 여자를 그녀는 본 적이 없었다. 하지만 조원원을 더욱 놀라게 한 것은 그녀의 전신에서 뿜어져 나오는 가공할 기도였다.

'엄청난 고수다!'

전날 대별산 목옥으로 북천삼시가 찾아왔을 때도 이처럼 사지가 굳는 경험은 하지 못했다. 부드럽고 여린 저 몸 어디에서 저런 막강한 기도가 뿜어져 나오는 것일까? 조원원은 괴여인이 언감생심 자신의 상대가 아님을 깨달았다.

도대체 누구일까?

많이 잡아도 서른을 넘지 않았을 것 같은 나이에 일문의 문주와도 같은 위압감을 뿜어내는 저 여인은.

그때였다.

화문강을 시작으로 조원원을 죽일 듯이 추격해 왔던 오백여 명의 혈랑삼대 병력이 일제히 한쪽 무릎을 꿇고 여인을 향해 예를 취하는 것이 아닌가.

"신 화문강, 이성녀(二星女)를 뵙습니다."

"이성녀를 뵙습니다!"

순간 조원원의 머릿속에 한 사람의 이름이 떠올랐다.

'이성녀 신화옥!'

삼공자 장벽산을 죽이고 칠공자였던 천제악이 교주가 되었을 때 신교의 교도들은 마지막까지 살아남은 여덟 명의 제자에게 새로운 칭호를 붙여야 할 필요성을 느꼈다.

같은 항렬인 천제악이 교주가 되었는데 계속해서 일공자, 이공자 따위로 부를 수 있나. 또한 모두 죽고 여덟만 남았는데 그들에게 과거의 순서대로 십일공자, 십이공자로 부를 수도 없지 않은가.

물론 신교에 반감을 가지거나, 천제악을 교주로 인정하지 않는 자들은 여전히 공자라는 호칭을 썼고, 덕분에 칠공자나 삼공자 따위의 호칭이 혼재되어 사용되기는 했다. 그렇다고 해도 공식적인 호칭의 필요성은 있었다.

해서 남자는 성군(星君), 여자는 성녀(星女)가 되었다.

신화옥은 두 번째 서열이었고, 이성녀가 되었다.

여덟 명의 성군 중에는 그녀보다 나이가 많은 사람도 여럿 있었다. 그럼에도 불구하고 그녀가 두 번째 서열인 이성녀가 된 것은 초공산의 제자로 입문한 순서를 따졌기 때문이다.

그리고 입문한 순서는 팔마궁이 외궁의 지위를 누리게 된 서열과 같았다. 이는 초공산이 팔마왕에게 외궁을 지어주고 신궁 밖으로 쫓아내면서 볼모로 삼기 위해 제자를 하나씩 들인 탓이다.

신화옥은 두 번째로 외궁을 지어 나간 벽력궁주 신풍길의 무남독녀 외동딸이었고, 그래서 어린 나이에도 불구하고 이성녀가 되었다.

벽력궁은 불의 문파다.

불의 문파는 태생적으로 폭기를 다루는 것에 특화될 수밖에 없다. 그러다 보니 벽력궁의 고수들은 무림 고수라기보다 장인에 가까웠다. 그건 무재와는 다른 자질을 필요로 했다.

한데 신화옥은 달랐다.

그녀는 폭기를 다루는 것뿐만이 아니라 무공에도 뛰어난 재능을 보였다. 딸의 무재를 일찌감치 알아본 신풍길은 서자들에겐 전수해 주지 않은 가문비전의 무학까지 심혈을 기울여 전수했다.

그리고 이십여 년이 흐른 지금, 신화옥은 천하제일인인 초공산의 절학과 벽력궁의 무예까지 한 몸에 익힌 이 시대 최강의 후기지수 중 한 명이 되었다.

궁장 여인의 신분이 너무나 대단한지라 조원원은 저도 모르게 마른침을 삼켰다.

"보기 좋게 당했더군."

신화옥의 입에서 냉랭한 음성이 흘러나왔다.

그녀는 협곡의 꼭대기에서 지금까지 벌어진 전투를 모두 지켜보고 있었던 것이다.

화문강의 얼굴이 썩어 문드러졌다.

그와 혈랑삼대는 신궁에 줄을 댄 사람들이다.

지금 이 순간 왜 하필 벽력궁주의 딸인 이성녀가 나타나는가. 화문강이 굽혔던 무릎을 펴며 물었다.

"이성녀께서 여긴 어쩐 일로……."

"혈랑삼대가 언제부터 내 행보를 궁금해했지?"

"그럴 리가 있겠습니까? 소신은 그저 경거망동하는 계집 하나만 잡아가기만 하면 되옵니다."

화문강은 이어 고개를 꺾어 뒤편에 시립해 있던 사람에게 물었다.

"알아보겠느냐?"

"맞습니다. 복주의 몽중연에서 가장 먼저 합류해 지금까지 줄곧 엽무백을 그림자처럼 따르며 보필한 계집년이죠. 저년을 잡으면 놈을 흔들어볼 수 있을 겁니다."

말을 한 사람은 전방의 각수 귀화자 권운이었다. 전날 무당산을 앞두고 조원원에게 천웅을 빼앗기는 수모를 치렀던 그는 화문강의 뒤에서 씹어 먹을 듯한 눈으로 조원원을 노려보았다.

"계집년?"

신화옥의 눈꼬리가 살짝 치켜 올라갔다.

권운이 눈을 동그랗게 떴다.

무심코 한 말이었지만 신화옥 역시 여자다.

아무리 좋게 생각해도 계집년이란 말은 여자라는 성 전체를 싸잡아 한 욕이었다. 게다가 신화옥은 권운으로서는 감히 우러러볼 수조차 없는 귀한 신분, 그런 사람 앞에서 계집 운운했으니 목이 열 개라도 남아나지 않을 것이다.

"소, 소신이 실언을……!"

"누구지?"

"천망 삼각의 각주 권운이옵니다."

"천망의 각주?"

"그렇습니다."

"천망 각주가 언제부터 신교의 성녀를 안중에도 두지 않았지?"

"소신이 어찌 그런 무엄한 생각을 품었겠습니까?"

"하면 내가 억지로 트집을 잡는다는 말이더냐?"

"그, 그것이 아니오라."

"일로(一老), 저자의 혀를 잘라라."

신화옥은 혀 자르라는 말을 물건을 치우라는 것처럼 가볍게 말했다.

권운의 얼굴이 샛노래졌다.

냉정하게 말해 계집이라는 말을 처음 쓴 사람은 화문강이다. 그럼에도 불구하고 화문강은 나무라지 않고 자신에게만 추궁을 하는 것은, 다분히 화문강을 의식한 명령이었다. 이성녀는 지금 자신을 제물삼아 화문강에게 강력한 경고를 하고 있었다.

아니면 모종의 이유로 시비를 거는 것이든지.

"그럴까요?"

조금 전까지만 해도 사인교를 둘러메고 달렸던 네 명의 초로인 중 한 명이 불쑥 나섰다. 소나무 껍질처럼 투박한 손에 용두장도를 들었는데 그 기도가 예사롭지 않았다.

다른 세 명의 가마꾼 역시 마찬가지였다.

반백의 머리카락과 전신에서 뿜어져 나오는 기도가 단순한 가마꾼들이 아니었다. 필시 신화옥의 호위를 겸한 벽력궁의 고수들이리라.

일로라 불린 노인은 거침없이 걸어 나왔다.

지금 신화옥 무리와 혈랑삼대 사이에는 조원원이 있었다.

덕분에 일로가 귀운에게 디가가려년 조원원이 선 공간을 거쳐 갈 수밖에 없었다.

일로가 용두장도를 뽑아 들고 성큼성큼 걸어오자 놀란 조원원은 재빨리 연검을 머리 위까지 치켜들었다.

하지만 일로는 조원원 따위는 언제든지 잡을 수 있다는 듯 눈길 한 번 주지 않고 휙 지나쳤다. 그러고는 귀운을 향해 저벅저벅 걸어갔다.

"사, 살려주십시오."

놀란 귀운이 저도 모르게 화문강의 뒤로 숨으면서 말했다. 살려달라는 말이 화문강을 향한 것인지, 신화옥을 향한 것인지는 알 수 없었다. 덕분에 일로와 화문강은 자연스럽게 마주하고 선 형국이 되었다.

"곤륜사괴(崑崙四怪)가 벽력궁의 처마에 깃들었다는 얘기는 들었지만, 이성녀의 수신호위 노릇을 하고 있는 줄은 몰랐소이다."

화문강이 냉랭한 음성으로 말했다.

조원원의 얼굴이 흠칫 굳었다.

곤륜사괴의 존재가 세상에 알려진 것은 이십여 년 전이다. 곤륜산을 드나들던 약초꾼들 사이에 단 한 걸음으로 산을 뛰어넘는다는 네 명의 유령에 대한 목격담이 발단이었다.

이후 유령은 신선으로 변했고, 신선은 무공에 미친 네 명의 은둔고수로 점점 실체를 더해갔다. 정체불명의 고수가, 그것도 네 명이나 같은 산에 존재하는데 신경이 쓰이지 않을 리 있나.

곤륜파의 제자들이 소문으로만 떠돌던 은둔고수들을 찾아나섰고, 마침내 어느 계곡에서 조우하게 됐다.

그들이 왜 격돌을 하게 되었는지는 알 수가 없다. 말이 오가는 중에 시비가 일었을 수도 있고, 네 명의 은둔고수가 성격이 괴팍하여 먼저 손을 썼을 수도 있다.

그날 그 계곡으로 들어갔던 곤륜의 도사 일곱은 사흘 뒤 어느 이름 모를 골짜기에서 피가 낭자한 시체로 발견되었다.

곤륜파가 발칵 뒤집어졌다.

청해성에서 적수가 없다는 곤륜삼선(崑崙三仙)이 대로하여 그들 네 명을 찾아 광활한 곤륜산맥을 뒤졌고, 마침내 격돌이 벌어졌다.

결과는 곤륜삼선의 참패.

이후 곤륜파는 곤륜사괴를 무림공적으로 선포하는 한편, 장문인까지 나서서 추격을 했다. 하지만 그들 네 명은 천라지망을 뚫고 귀신처럼 사라져 버렸다.

이후 그들에게는 곤륜사괴라는 별호가 붙었다.

소나무 껍질처럼 거친 피부를 지닌 하군상이 일괴, 창백한 인상의 강백이 이괴, 뚱뚱한 곡우건이 삼괴, 마른 키에 뾰족한 하관을 지닌 조곽이 사괴였다.

이후 그들은 일 년에 한두 차례 등장해 중원무림을 흔들어놓곤 했다. 북방 새외에서 더 이상 적수를 찾을 수 없어 중원무림의 고수들을 찾아다니며 비무행을 했던 것이다.

재밌는 것은 그 와중에 정마대전이 발발했다는 점이다. 하지만 그들 곤륜사괴는 세상 돌아가는 일 따위에는 관심이 없었다. 중원무림이 멸망하든 말든, 마교가 득세를 하든 말든 그들은 강자를 찾아다녔고, 미친 듯이 싸웠다.

누구든 자신들을 꺾는 자가 있다면 주군으로 섬기겠다는 공언과 함께. 곤륜사괴의 무력을 욕심낸 몇몇 문파의 문주들이 도전을 했다.

하지만 욕심의 대가로 그들은 한 팔을 잃거나 목숨을 내놓아야 했다. 누구도 그들의 비무행을 멈추지 못했다.

백여 차례의 비무행을 하는 동안 그들은 단 한 차례도 패하지 않았고, 이후 전설이 되었다. 그러던 어느 날 곤륜사괴의 비무행에 종지부를 찍은 인물이 나타났다.

산길을 가던 곤륜사괴를 막아선 사람은 가슴까지 기른 은발의 수염이 신령한 분위기를 자아내는 괴노인이었다.

정체불명의 노인을 상대로 한 네 명의 싸움은 반나절 동안 이어졌다. 곤륜사괴는 생애 처음으로 하늘 밖에 하늘이 있음을 깨달았다. 괴노인이 자신들의 무공을 간파하기 위해 일부러 시간을 끌었다는 것도.

곤륜사괴를 무릎 꿇게 만든 사람은 다름 아닌 벽력궁주 신풍길이었다. 이후 곤륜사괴는 신풍길의 수족이 되었다.

예사롭지 않은 노인들인 줄은 알았지만 이토록 대단한 내력을 지녔을 줄이야. 이성녀 신화옥만 해도 앞이 캄캄해지는데, 신궁의 원로들도 아래로 본다는 곤륜사괴까지 등장하자 조원원은 등에서 식은땀이 흘렀다.

"비켜라."

신화옥은 일로라 부르고, 사람들은 일괴라 부르는 하군상이 말했다.

거침없는 하대였다.

혼세신교에는 수십 개의 대가 있고, 그중 타격대의 성격을 지닌 곳이 여섯 개가 있다. 그들을 일컬어 달리 육대(六隊)라고 하는데, 파양호에서 엽무백에게 몰살을 당한 철갑귀마대가 바로 그중 한 곳이다.

혈랑삼대 역시 육대의 하나였다.

화문강은 바로 그 혈랑삼대를 이끄는 절정의 고수. 지금과 같은 전시에 타격대주의 권위는 사루(四樓), 칠당(七堂), 오원(吾園)의 수장들과 견주어도 결코 뒤지지 않는다.

그런 자신에게까지 거침없이 하대를 하다니, 화문강의 얼굴이 분노로 일그러졌다.

"나는 신교의 대주요. 예를 갖추시오!"

"노부의 주군은 교주가 아니라 벽력궁의 궁주시다."

"당신이 주군으로 모시는 벽력궁주와 이성녀 또한 교주를 섬기는 신교의 인물이외다. 이성녀께서 신교의 사람이 아니었다면 내 어찌 그녀에게 무릎을 꿇었겠소!"

"혈랑삼대주는 내게 무릎을 꿇은 것이 억울한가 보군."

신화옥이 말했다.

여지없이 차가운 음성, 말을 할 때마다 얼음가루가 폴폴 날리는 것 같았다.

"이성녀께서 신교에 반감을 가지지 않으시듯, 저 역시 이성녀께 반감을 가지고 있지 않습니다."

"그 말은 내가 신교에 반감을 가지면 언제든 나를 멸시하겠다는 뜻이렷다? 상전들의 일에 일개 대주 따위가 감히 평가질을 하다니, 간이 배 밖으로 나왔군."

젊어서 그렇지 이성녀는 교주와 항렬이 같다. 신교를 통틀어 모든 원로보다 배분이 높고, 팔마궁의 궁주들보다도 위다.

그런 사람을 두고 당신이 교주를 섬기는 한 나 또한 당신을 섬기겠다고 했으니, 피라미가 고래 싸움에 자신의 의견을 피력한 셈이다.

신화옥이 바로 이 점을 지적한 것인데, 설혹 그렇다고 해도 화문강의 분노가 사라지는 것은 아니었다. 그는 입술을 부르르 떨었다.

"한 번만 더 나서면 신교의 율법으로 다스리겠다."

팔성군이 제아무리 교주와 대척관계에 있다고 해도 엄연한 신교의 무맥을 잇는 성스러운 적통들이다. 신교의 율법은 엄해서 적통을 모욕한 자는 죽음으로 다스린다.

"일로, 무엇하는 거지?"

"알겠습니다."

일로가 거침없이 걸음을 옮겼다.

第四章 곤륜사고

화문강도 이번엔 그를 막지 못했다.

　지금 이 순간 신화옥과 정면대결을 할 생각이 아니라면, 벽
력궁을 적으로 돌릴 생각이 아니라면 더는 막아서서는 안 되
었다.

　화문강을 스쳐 간 일로는 부들부들 떨고 있는 권운의 어깨
위에 용두장도를 척 얹었다. 단지 칼 한 자루를 얹을 뿐인데
권운은 흡사 태산에라도 깔린 것처럼 털썩 무릎을 꿇었다.

　"혀를 내밀어라."

　일로가 말했다.

감정이라곤 섞이지 않은 무미건조한 음성이었다.

공포에 질린 권운은 신화옥을 바라보며 사시나무처럼 떨었다. 일로가 더는 기다리지 않고 왼손을 권운의 입에 우악스럽게 집어넣더니 혀를 잡아 뽑았다.

그러곤 오른손으로 용두장도를 슬쩍 휘둘러 혀를 싹둑 잘라 버렸다. 그야말로 눈 깜짝할 사이에 벌어진 일이었다.

"흐읍!"

짧은 비명과 함께 권운의 입에서 피가 뿜어져 나왔다. 그는 황급히 두 손으로 자신의 입을 틀어막고는 공포에 질린 눈으로 신화옥을 바라보았다.

신화옥은 예의 그 싸늘한 음성으로 말했다.

"천망주의 얼굴을 봐서 내 이번만큼은 그냥 넘어가겠다. 보기 싫으니 내 눈앞에서 사라져."

권운은 연거푸 머리를 조아린 후 물러났다.

조원원은 아연실색했다.

혀를 자르는 것은 평생 말 못하는 불구로 만들어 버리는 엄벌이다. 그걸 그냥 넘어간다고 한다면 다음번엔 목이라도 치겠다는 건가? 아름다운 얼굴과 달리 심성은 악독하기 짝이 없는 계집이 아닌가.

신화옥이 이번엔 조원원을 돌아보며 물었다.

"듣자 하니 청산인의 전인이라던데, 맞나?"

"자신을 먼저 소개하는 게 예의 아닌가요?"

"고작 해월루의 제자라는 신분으로 감히 나와 통성명을 할 자격이 있다고 생각하는 거야?"

"당신이 미교도에게는 성스러운 존재일지 몰라도 나에게는 그저 세상 무서운 줄 모르는 마녀일 뿐이에요."

"훗, 기개가 제법이군."

조원원은 한마디를 더 하려다가 멈췄다.

신화옥의 서슬도 서슬이지만 그녀의 곁에 있는 곤륜사괴의 표정이 심상치 않았기 때문이다. 그들은 뒷짐을 진 채 느긋한 자세로 서 있었지만, 조원원에게는 병장기를 뽑아 든 것보다 더 위협적으로 느껴졌다.

신화옥이 다시 물었다.

"그와 어떤 사이지?"

"무슨 뜻이죠?"

"잤어?"

"……!"

조원원의 얼굴이 샛노래졌다.

신화옥이 말한 '그'는 분명 엽무백이다.

"뚫린 입이라고 함부로 지껄이지 말아요!"

조원원은 곤륜사괴의 서늘한 기도도 무시한 채 버럭 소리를 지르고 말았다.

"그의 주변엔 언제나 여자가 많았지. 혈검조(血劍組)의 조장 노릇을 할 때부터 그는 늘 여자를 끼고 살았어. 설마 네가 그의 첫 여자일 거라고 생각하는 건 아니겠지?"

조원원의 입술이 파르르 떨렸다.

그가 과거에 무얼 했든 무슨 상관이란 말인가.

그 얘기를 왜 지금 자신에게 해준단 말인가.

조원원은 방탕한 생활을 했다는 엽무백보다 그 얘기를 전해주는 신화옥이 죽이고 싶도록 싫었다.

"쌍년……!"

"……!"

"……!"

"……!"

"……!"

곤륜사괴의 얼굴이 험악하게 일그러졌다.

"버르장머리없는 계집이로고!"

일괴가 용두장도를 아래로 늘어뜨린 채 한 걸음 불쑥 튀어나왔다. 그대로 조원원의 목을 날려 버릴 기세였다.

신화옥이 한 손을 들어 그를 막았다.

일괴는 언제 그랬냐는 듯 조용히 물러났다.

신화옥의 말이 이어졌다.

"그를 좋아하는군."

"······!"

순간, 조원원은 신화옥에게 속았다는 걸 깨달았다. 그녀는 자신의 속내를 시험하기 위해 일부러 도발을 한 것이다.

도대체 왜?

"그도 너를 좋아하는지 알아보도록 하지."

말과 함께 신화옥이 일괴를 향해 눈짓을 했다.

조원원을 데려가자는 뜻이다.

"뭣들 하느냐. 계집을 생포하라!"

일괴가 말했다.

권운이 계집이라고 할 때는 혀를 뽑던 그녀였지만 일괴의 말에는 눈 하나 깜짝하지 않았다.

사인교와 함께 절벽 위에서 떨어져 내렸던 오십여 명의 흑의인 중 십여 명이 앞으로 나왔다. 앞서 상대했던 혈랑삼대의 무인들과는 비교할 수 없는 기도를 풍기는 자들이었다. 세 명도 겨우 쓰러뜨렸는데, 어찌 열 명을 상대할 것인가.

조원원은 오늘이 자신의 제삿날임을 직감했다.

그때였다.

"저 여자는 우리가 데려가겠습니다."

화문강의 목소리였다.

사인교에 타려던 신화옥이 걸음을 멈추고 뒤돌아섰다.

"방금 뭐라고 했지?"

"보셔서 아시겠지만 그녀는 전투 중에 도망친 패잔병으로 혈랑삼대가 먼저 추격 중이었습니다."

"그래서?"

"혈랑삼대가 신궁으로 압송하겠습니다."

"전투 중이었던 게 아니라 전투에 패했겠지. 너의 말대로 그녀는 도망쳤고, 내가 잡았다. 불만 있나?"

"소신은 교주의 명을 행할 뿐입니다."

화문강은 일부러 교주의 명이라는 말을 강조했다. 만약 신화옥이 방해를 한다면 이는 교주의 명령을 정면으로 거스르는 반역이 된다.

책임을 피할 수 없을뿐더러, 만에 하나 화문강이 패전에 대한 추궁을 당할 때 신화옥에게도 불똥이 튈 수밖에 없었다.

협곡에서 전투를 지켜보았으면서도 참여하지 않은 죄에 엽무백을 유인할 중요한 인질을 중간에서 가로챈 죄까지 더해지면 제아무리 이성녀라 할지라도 곤란을 겪을 수밖에 없다.

화문강은 '교주의 명'이라는 한마디로 지엽적인 문제를 보다 심각한 문제로 만들어 버렸다.

사실 화문강에게는 한 가지 생각이 더 있었다.

혈랑삼대는 상대적으로 거리가 가까운 터에 먼저 도착한

선발대에 지나지 않았다. 또 다른 곳에서 천라지망을 펼치고 있던 병력 일천이 오십 리 밖까지 당도했다는 보고를 불과 일다경 전에 받았다. 지금쯤이면 십 리 정도를 남겨두고 전속력으로 질주해 오고 있을 것이다.

교주 천제악을 하늘처럼 떠받드는 사람들, 그들이 가세한다면 곤륜사괴와 신화옥을 제압하는 것도 어렵지 않다.

교주의 권위는 신과도 같은 것.

운이 좋으면 교주의 권위를 훼손했다는 명분으로 신화옥까지 잡을 수 있다. 명분이 명명백백하고 지켜본 사람들이 충분하니 어쩌면 벽력궁을 궁지로 몰아넣을 절호의 기회일지도 모른다.

여기까지 생각이 미치자 간이 커진 화문강은 한 걸음 더 나아갔다.

"뭣들 하느냐! 냉큼 계집을 잡아라! 이는 지엄하신 교주의 명령이다!"

"존명!"

우렁찬 고함과 함께 오백여의 병력이 도검을 뽑아 들고 신형을 움직였다. 좁은 협곡에서 오백이나 되는 병력이 조원원 한 사람을 포위할 수 있나. 그들은 자연스럽게 신화옥 일행과 조원원을 한꺼번에 포위해 버렸다.

중간에 낀 조원원은 이러지도 못하고 저러지도 못했다. 그녀는 신화옥의 수하들과 오백의 병력을 향해 번갈아 검을 겨누며 어쩔 줄을 몰라 했다.

계집을 잡으라는 말이 꼭 신화옥에게는 자신을 잡으라는 말로 들렸다. 평온하던 신화옥의 눈동자에 불똥이 담겼다.

그녀는 화문강을 응시했다.

일체의 감정이라곤 드러나지 않는 얼굴이었지만 그게 얼마나 무서운 표정인지 신교의 무인치고 모르는 이가 없었다. 이윽고 신화옥의 입에서 냉랭한 음성이 흘러나왔다.

"화문강, 네놈이 정녕 죽고 싶은 게로구나. 내가 여기서 네 목을 친들 사형이 날 어찌할 수 있을 것 같으냐?"

"사형이 아니라 교주시오. 또한 교주의 명은 지엄한 것. 신교의 전사로서 교주의 명을 행하다 죽으면 그 또한 영광된 것이겠지요."

화문강은 돌아올 수 없는 강을 건넜음을 직감했다. 신궁과 팔마궁은 언젠가 한 번은 부딪쳐야 할 상대들. 이 상황에서 물러나면 그 또한 신궁으로부터 추궁을 면치 못할 것이다.

피할 수 없는 싸움이라면 사정없이 밀어붙여야 한다는 걸 그는 무수한 싸움의 경험으로 알고 있었다.

"뭣들 하느냐! 어서 계집을 사로잡아라. 손속에 사정을 둘 것 없다. 목숨만 붙어 있으면 족하다! 누구든 신교의 행사에 방해되는 자가 있다면 그 또한 단죄하라! 뒷일은 내가 책임

진다!"

화문강이 벼락같은 일성을 내질렀다.

제대로 된 싸움 한 번 못해보고 오백이나 되는 형제들을 잃었다. 치밀어 오르는 분노로 피가 끓어오르는 판에 엽무백을 유인할 미끼를 발견했다.

한데 이성녀가 나타나 자신들의 대주를 모욕하고 계집을 빼앗으려 한다. 혈랑삼대의 생존자들은 이제 눈에 보이는 게 없었다. 게다가 모든 책임은 대주가 진다고 하지 않는가.

"우와!"

천지가 떠나갈 듯한 함성과 함께 오백여의 병력이 득달같이 달려들었다.

'제기랄, 뭐가 어떻게 돌아가는 거야!'

오백의 군집이 뿜어내는 기세에 놀란 조원원은 저도 모르게 신화옥 일행 쪽으로 붙어버렸다. 한데 그게 그녀의 목숨을 구하는 계기가 되었다.

"무극진(無極陣)을 펼쳐라!"

오십의 흑의인 중 수장으로 보이는 자가 외쳤다.

눈 깜짝할 사이에 사인교를 중심으로 원형의 검진이 펼쳐졌다.

격돌은 순식간에 벌어졌다.

오십의 흑의인이 어떤 내력을 지녔는지는 모른다. 하지만 벽력궁주가 애지중지하는 신화옥을 수신호위하는 자들이라면 실력 또한 평범하지 않을 터, 조원원의 예상은 그대로 적중했다.

사방을 에워싼 채 노도처럼 밀려오는 적들에도 불구하고 흑의인들은 용맹하게 싸웠다. 선두에서 미친 듯이 달려들던 혈랑삼대의 무인들이 추풍낙엽처럼 쓰러졌다. 피가 낭자하게 흐르고, 비명이 곳곳에서 난무했다.

혈전이 벌어지는 와중에도 곤륜사괴와 신화옥은 뒤로 물러선 채 관망만 하고 있었다. 그들의 표정 어디에도 두려움 따위는 없었다. 감히 자신들을 향해 도발을 해온 혈랑삼대를 향한 분노와 모멸감의 감정만 있을 뿐이었다.

하지만 혈랑삼대의 무인들은 쉬운 상대가 아니다. 전장에서 잔뼈가 굵은 그들은 두려움을 모르는 일당백의 무사들이었다.

그런 무사들 중에서도 유난히 노련한 자들이 있었다. 그들은 검진의 가장 약한 틈을 귀신같이 찾아 빛살 같은 신법으로 뚫고 들어왔다.

좌우 수하들의 엄호를 받으며 소나기처럼 검초를 뿌려대던 그들에 의해 진의 한 축을 담당하던 흑의인이 일검을 맞고 쓰러졌다.

"허억!"

짧은 비명과 함께 검진이 뚫렸다.

급격한 변화가 일어났다.

견고한 제방도 작은 쥐구멍에서 무너지는 법, 철옹성 같았던 검진이 조금씩 순식간에 무너졌다. 오십여의 흑의인은 오백이라는 압도적인 수적 열세를 극복하지 못했다. 채 일각이 흐르기 전에 그들은 천참만륙으로 찢겨 버렸다.

검진이 뚫리자 사기가 충천한 혈랑삼대의 무인들이 남은 사람들을 향해 돌진해 왔다. 그들의 목표가 조원원인지 신화옥인지 알 수가 없었다.

"버러지 같은 놈들!"

대로한 일괴가 신형을 쏘았다.

선 자리에서 일 장이나 솟구친 그가 검을 등 뒤로 돌렸다가 앞으로 쭉 뻗었다. 마치 원심력을 이용하려는 것과도 같은 동작. 하지만 결과는 원심력으로 설명할 수 없을 만큼 상상을 초월했다.

꾸르릉, 꽝꽝!

일괴의 검이 전방을 향해 뻗는 순간 시퍼런 번갯불이 한 자나 뻗어나갔다. 압도적인 숫자를 앞세워 광인들처럼 밀려들던 혈랑삼대의 중앙에 시퍼런 벼락이 떨어졌다. 대여섯 명이 가슴을 쩍 벌리며 쓰러졌다.

'도강(刀罡)!'

조원원은 소스라치게 놀랐다.

조원원뿐만이 아니다.

죽기 살기로 덤벼들던 혈랑삼대의 무인들도 한순간 얼어붙어 버렸다.

수식으로서의 강기가 아닌, 실체를 지닌 진짜 강기(罡氣)를 구현할 수 있는 고수가 하늘 아래 몇 명이나 될까.

측량할 수 없을 만큼의 심후한 내공과 각자가 익힌 무학의 끝을 보아야만 비로소 가능한 경지다. 세상의 모든 도객과 검객들이 평생 꿈만 꾸다가 마는 경지가 바로 강기의 물리적 구현이다.

조원원은 지금껏 살면서 강기를 자유자재로 뽑아내는 고수를 딱 두 번 보았다. 첫 번째가 남창에서 철갑귀마대에게 쫓길 당시 엽무백이었다. 두 번째가 바로 지금 곤륜사괴의 일괴였다.

강기를 뽑아내는 경지가 되면 더는 적의 숫자에 연연하지 않는다. 적 모두를 쓸어버릴 수는 없을지 몰라도, 최소한 그 한 몸은 적들의 손에 쓰러지지 않고 언제든 뺄 수 있었다.

나는 절대 죽지 않는다는 전제를 깔고 하는 싸움, 그것은 일방적일 수밖에 없었다.

일괴는 작심한 듯 당황한 혈랑삼대의 진영 속으로 뛰어들었다. 동시에 무지막지한 공격을 퍼붓기 시작했다. 막강한 검파가 몰아치며 제이, 제삼의 벼락이 난사되었다.

꾸르르, 꽝꽝꽝!

"으악!"

"크악!"

비명이 난무하고 피가 낭자하게 터졌다.

어디를 어떻게 당했는지 알 틈도 없이 혈랑삼대의 무인들이 추풍낙엽처럼 쓰러져 갔다. 그사이 이괴와 삼괴, 사괴가 가세했다.

곤륜사괴는 모두 도법을 익혔다.

하지만 손에 든 도는 모두 달랐다.

일괴는 용머리가 새겨진 용두장도, 이괴는 쉰 근에 달하는 대감도, 삼괴는 귀신의 머리가 양각된 귀두도(鬼頭刀), 사괴는 톱날이 숭숭 돋은 거치도(鋸齒刀)를 들었다.

이는 각자의 성정에 기반한 것인데, 성정이 다르고 병기가 다르고 익힌 도법이 다른 만큼 칼끝에서 우러나오는 기세 또한 제각각이었다.

일괴의 칼은 방원 일 장을 쓸어버릴 만큼 패도적이었다. 그 어떤 초식도 무력화시키는 그의 도법은 흡사 괴수와도 같은 돌파력으로 적진을 휘저었다.

이괴의 칼은 같은 용두장도 못지않은 중병임에도 불구하고 민활하고 정교했다. 칼이 궤적을 그릴 때마다 검기가 한 자나 뻗어 나와 혈랑삼대의 몸통을 쪼개갔다.

삼괴는 은밀하고 빨랐다.

그의 귀두도에서 뽑혀 나온 검기가 적진을 종횡으로 누빌 때마다 피가 튀어 올랐다. 일검을 먹은 적이 비명을 지를 무렵에는 또 다른 자의 가슴이 갈라지고 있었고, 그가 비명을 지를 때는 또 다른 자가, 또 다른 자가……

사괴의 거치도는 포악하고 잔인했다.

그는 동작도 느렸고, 칼끝에서 검기도 뽑아내지 않았다. 다만, 한 사람 한 사람을 정확히 겨누고 거치도를 휘둘렀는데 그때마다 사람의 몸통이 여지없이 두 동강 났다.

네 명의 초고수가 펼치는 무쌍한 검식에 혈랑삼대의 진영은 그야말로 쑥대밭이 되어버렸다.

그때 변화가 일어났다.

혈랑삼대의 진영 속에서 그림자 하나가 가히 전광석화와도 같은 속도로 전방을 향해 쏘아졌다.

깡!

격렬한 첫합을 시작으로 폭풍 같은 여섯 합이 뒤를 이었다.

까까까까까깡!

부지불식간에 사괴의 검권을 뚫고 들어간 사람은 화문강이었다. 분기탱천한 그는 소나기 같은 공세를 퍼붓기 시작했다.

화문강 정도의 고수는 사괴조차도 정면승부가 꺼려지는 상대였다. 하물며 조장들의 엄호를 받는 화문강은 더욱 상대하기 까다로웠다.

눈 깜짝할 사이에 화문강의 검이 사괴의 옆구리를 스치고 지나갔다. 핏물이 짧게 터지는 순간, 사괴는 이어질 반격에 대비해 재빨리 한발을 물러나는 노련함을 보였다.

한데 그게 패착이었다.

또 다른 검이 그의 측면을 벼락처럼 찔러왔다.

하지만 사괴는 그 상황에서도 또 한 번의 신기를 보였다. 도저히 그럴 수 없는 방향으로 신형을 꺾어 옆구리를 노리고 오는 검을 흘러보냈다. 동시에 거치도를 빙글 회전하며 정면에서 떨어지는 화문강의 검을 쳐냈다.

땅!

요란한 쇳소리와 함께 화문강의 검이 튕겨났다.

실로 전광석화와 같은 움직임에 귀신같은 임기응변이었다.

화문강 역시 녹록지 않았다.

그는 사괴의 움직임에서 도저히 보이지 않는 빈틈 하나를 발견하고는 무섭게 주먹을 뻗었다.

뻥! 소리와 함께 사괴는 가슴에 강력한 일장을 허용했다. 동시에 입으로 핏줄기를 뿜으며 대여섯 장이나 튕겨져 나간 끝에 나동그라졌다.

벌떡 일어나 앉기는 했지만, 거치도를 바닥에 꽂은 채 피를 한 움큼이나 토해낸 다음에야 사괴는 비로소 몸을 가눌 수 있었다.

틀림없이 내가중수법에 당한 내상이었다.

"와아!"

혈랑삼대의 진영에서 우레와 같은 함성이 터져 나왔다. 불사신 같던 곤륜사괴도 죽을 수 있다는 사실은 모두의 사기에 불을 질렀다.

사괴의 중상을 목도한 곤륜사괴의 분노는 이루 말할 수가 없었다.

"내 오늘 혈랑삼대의 씨를 말리리라!"

일괴의 사자후가 협곡을 뒤흔들었다.

사기충천한 혈랑삼대와 분기탱천한 곤륜사괴의 공방은 점점 치열해졌다.

가만히 놀고만 있을 수 없었던 조원원은 뒤늦게 가세했다. 뒤에는 절벽이 버티고 있고, 좌우에서는 곤륜사괴가 폭풍 같은 공세를 펼치고 있으니 적의 기습을 염려할 필요가 없었다.

조원원은 장기인 유성하의 신법을 발휘, 적의 전권을 희롱하며 소나기 같은 검초를 뿌려댔다. 수십 명이 떼로 덤빈다면 모를까, 일대일의 대결에서 혈랑삼대의 무인들은 조원원의 상대가 되질 못했다.

"아악!"

"크악!"

찢어지는 비명과 분분히 흩날리는 육편, 사위를 물들이는 피보라가 끊이지 않을 것처럼 이어졌다.

조원원의 머릿속은 지금 벌어지고 있는 혼전만큼이나 복잡했다. 벽력궁의 신화옥과 신궁의 혈랑산대가 자신을 인질로 잡기 위해 싸우고 있다.

어느 쪽이 이겨도 조원원은 잡혀가게 되어 있다.

어차피 인질이 되어야 한다면 어느 쪽이 나을까?

쉽게 판단이 서질 않는다.

가장 좋은 것은 어느 쪽에도 인질로 잡히지 않는 것이다.

'여기서 빠져나가자. 운이 좋아 놈들을 따돌린다면 다행이고, 중간에 잡혀 죽어도 어쩔 수 없는 노릇이고!'

다행히 그녀에게는 유성하라는 공전절후의 경신공이 있었다. 힘이 조금이라도 남아 있을 때 마지막 운을 걸어보는 거다.

조원원은 내공을 모두 끌어 올려 단전에 모았다. 동시에 장력을 분출해 접전 중이던 적을 밀어낸 다음, 돌연 방향을 바꾸어 뒤쪽으로 내빼기 시작했다.

노리는 것은 후방의 직벽.

순식간에 직벽에 다다른 조원원은 달리던 탄력을 이용해 직벽을 수평으로 타고 달렸다. 혈랑삼대의 생존자 오백은 앞선 오십의 흑의인과 곤륜사괴의 활약으로 사백여 명으로 줄어든 상태였다. 그나마 대부분 곤륜사괴를 상대하기 위해 앞쪽으로 밀집해 있었다.

그건 조원원에게 천운으로 작용했다.

직벽을 타고 무려 십여 장을 수평으로 달린 조원원이 다시 바닥으로 떨어져 내렸을 때는 적진을 절반 가까이 지나온 상태였다.

조원원은 가장 먼저 앞을 막아서는 무인의 가슴을 벼락처럼 갈랐다. 쓰러지는 적의 무릎과 어깨를 연달아 밟으며 도약을 한 그녀는 대여섯 장을 더 날아간 다음 떨어졌다.

그때부턴 적을 모두 후방에 두게 되었다.

'됐어!'

이 모든 게 눈 깜짝할 사이에 벌어진 일, 조원원은 젖 먹던 힘까지 쥐어짜며 미친 듯이 달리기 시작했다.

죽일 듯이 싸우던 곤륜사괴와 혈랑삼대가 일제히 싸움을 멈추었다. 사냥감을 놓고 서로 차지하겠다고 싸웠는데, 정작 그 사냥감이 달아나 버렸으니 얼마나 황당할 것인가.

그때였다.

혈랑삼대가 밀집해 있는 협곡 아래의 한 지점으로부터 그림자 하나가 폭죽처럼 솟구쳤다. 그림자는 한 번의 도약으로 혈랑삼대의 포위망을 간단하게 뛰어넘어 버렸다.

이어 대여섯 걸음 만에 이십여 장의 거리를 단숨에 좁히더니 광속으로 달리는 조원원의 앞에 유유하게 떨어졌다.

그림자의 정체는 신화옥이었다.

화들짝 놀란 조원원이 걸음을 우뚝 멈추었다.

하늘 아래 유성하보다 빠른 경신공은 없다고 생각했다. 한데 신화옥의 몸놀림은 자신을 훨씬 능가하는 것이었다. 이를 어떻게 받아들여야 한단 말인가.

'팔성군의 무공이 이 정도……!'

"넌 절대 내 손을 벗어나지 못해."

신화옥이 냉랭한 음성으로 말했다.

상대적으로 가까운 거리에 있었던 혈랑삼대가 우르르 몰려와 신화옥과 조원원을 에워쌌다. 곤륜사괴가 뒤늦게 달려와서는 혈랑삼대를 뚫고 신화옥의 곁으로 가려 했다.

다시 접전이 벌어지려는 찰나 신화옥이 한 손을 들었다. 곤륜사괴가 우뚝 걸음을 멈추었다.

신화옥은 화문강에게로 시선을 던지며 말했다.

"화문강, 너는 감히 이성녀인 나에게 칼을 겨누는 대역죄를 저질렀다. 이번 일의 결과와 상관없이 나는 너를 벨 것이다. 이 점 불만 없겠지?'

"이성녀야말로 신교의 행사를 방해하고 교주의 명령을 정면으로 거스른 대역죄를 어찌 감당할 참이오?"

"좋아. 아무래도 너와 나 둘 중 하나는 오늘 여기서 죽어야 할 것 같군. 그전에, 여자를 먼저 잡는 게 어떨까? 우리가 다투는 사이 그녀가 내력을 회복해서 유성하를 펼친다면 서로 피곤해지지 않겠어?"

"그렇게 합시다."

"한데, 누가 잡지?"

"그녀는 처음부터 혈랑삼대의 것이니, 혈랑삼대가 잡도록 하겠소."

"좋도록."

화문강이 뒤를 돌아보며 고개를 끄덕였다.

조원원과 신화옥을 둘러싼 수백의 병력이 원을 크게 그리며 물러났다. 그 사이로 십여 명의 고수들이 앞으로 걸어 나왔다.

상황이 또 이상하게 돌아가고 있었다.

"덤벼라, 개자식들아! 죽을 때 죽더라도 혼자 죽지는 않겠다!"

마지막임을 직감했던 탓일까?

조원원은 참고 있던 욕설을 거침없이 내뱉으며 좌방을 향해 돌진했다. 포위를 당한 상태에서는 검진의 한 축을 공략하는 것이 조금이라도 오래 버티는 길이라는 걸 본능적으로 알기 때문이었다.

하지만 그들의 움직임은 신화옥이 이끌고 왔던 오십의 흑의인과 또 달랐다.

몇 차례의 선공에도 불구하고 조원원의 검은 헛되어 허공을 베었다. 찰나의 순간, 매서운 칼바람이 그녀를 스치고 갔다.

화끈한 불맛과 함께 옆구리의 옷자락이 싹둑 잘려 나갔다. 기다란 혈선과 함께 피가 뭉클뭉클 흘러나왔다.

조원원은 반사적으로 일검을 먹이고 물러나는 적을 향해 검을 쭉 뻗었다. 낭창낭창한 검신이 놈의 측면을 노렸다.

날카로운 파공성과 함께 또 다른 검신이 조원원의 연검을 후려쳤다. 손목이 짜르르 울리는 고통과 함께 연검은 바깥으로 크게 튕겨 나갔다.

그 사이 또 하나의 칼이 그녀의 등을 훑고 지나갔다. 차가운 금속이 생살을 가르는 고통에 조원원의 등이 활처럼 굽었다.

황급히 두 걸음을 물러난 조원원은 다시 검을 고쳐 잡았다. 겨우 십여 초식을 펼쳤을 뿐인데 온몸에서 땀이 비 오듯 흘렀다.

그만큼 힘든 싸움인 탓이다.

옆구리와 등의 상처에선 피가 쉴 새 없이 흘러내렸다. 단칼에 죽이지 않는 걸 보면 일부러 지치게 해 생포하려는 의도가 분명했다. 혈랑삼대 역시 자신을 인질 삼아 엽무백을 협박하려는 것이다.

여기서 잡히면 엽무백에게 부담을 주게 된다.

엽무백이 운신에 제약을 받게 되면, 자칫 정도무림의 오랜 숙원이 수포로 돌아갈 수도 있다. 죽기를 각오하고 뭉친 오백여 명의 목숨이 걸린 일이다.

그를 곤란하게 할 수는 없다.

하지만 한편으로 조원원은 궁금한 생각이 들었다.

'내가 인질로 잡히면 그는 구하러 와줄까?'

아니면 포기를 할까?

대의를 위해서라면 분명 포기를 해야 한다.

오십의 결사대가 철갑마병을 막아선 것도 오백의 본대를 구하기 위한 희생이다. 설마 하니 결사대 모두가 살아서 돌아갈 리는 없잖은가.

'조원원, 그는 현명한 사람이야. 그러니 걱정할 거 없다고.'

그는 현명할 뿐만 아니라 냉철하고 차가운 가슴의 소유자다. 그라면 분명 옳은 선택을 할 것이다. 옳은 선택은 당연하게도 자신을 포기하는 것이다.

주책없이 눈물이 핑 돌았다.

'어차피 죽을 거 그의 부담이나 덜어주자!'

조원원은 어금니를 꽉 깨물었다.

때를 맞추어 십여 명의 검수가 신형을 쏘았다.

이번에는 눈빛부터 심상치 않더라니 조금 전과는 비교도 할 수 없는 움직임으로 조원원을 압박해 왔다.

십여 개의 도검이 조원원의 전권을 난상으로 헤집었다. 젖먹던 힘까지 쥐어짜 연검을 휘둘러 보지만 새파란 불똥만 튈 뿐, 좀처럼 공방을 이어나갈 수 없었다.

그러던 어느 순간, 난무하는 도검 사이로 예사롭지 않은 검초 하나가 튀어나왔다. 눈 깜짝할 사이에 조원원의 검세를 뚫은 검은 얼굴을 정면으로 노렸다.

사람의 얼굴은 뼈가 전체를 감싸고 있다.

패력으로 쪼개지 않는 한, 얼굴만큼 뚫거나 자르기 힘든 부위도 없다. 동시에 심장과 멀기에 뼈만 뚫지 않는다면 목숨에 지장도 없다. 공포감과 후유증은 최대로 주되 사람을 생포하기에 가장 좋은 부위가 바로 얼굴인 것이다.

조원원은 급격하게 커지는 검극을 보며 정신이 아득해지는 것 같았다. 그 순간, 상체를 수평으로 뉘인 채 검을 찔러오던 검수의 등에서 정체를 알 수 없는 폭발이 일어났다.

퍽!

둔탁한 소리와 함께 조원원은 뜨거운 핏물을 확 뒤집어썼

다. 저도 모르게 한차례 눈을 감았다가 떠보니 자신을 죽이려
했던 검수가 바닥에 엎어져 있었다.

　그의 등 위로는 육중해 보이는 장창 하나가 꽂혀 있었다.
절체절명의 순간 하늘에서 장창이 떨어져 조원원을 노리던
검수의 등을 꿰뚫고 그대로 땅바닥에 박힌 것이다.

　한데 조원원에게는 너무나 익숙한 창이었다.

　'그가 왔어!'

第五章 길을 열다

조원원은 반색을 하며 하늘을 올려다보았다.

까마득한 허공으로부터 열 개의 그림자가 장포 자락을 펄럭이며 무서운 속도로 떨어지고 있었다.

쿵! 쿵! 쿵! 쿵! 쿵……!

한 손을 바닥에 짚으며 낙하의 충격을 줄였던 사람들이 하나둘씩 몸을 일으켰다. 엽무백, 당엽, 한백광, 법공, 칠성개, 청성오검이 차례로 모습을 드러냈다.

엽무백를 비롯한 십 인의 고수에게서 뿜어져 나오는 기도 때문이었을까? 조원원의 주변에 몰려 있던 혈랑삼대의 무인들이 황급히 대여섯 장 바깥으로 물러나면서 중앙엔 커다란 공간이 생겨났다.

"십병귀!"

누군가의 입에서 가느다란 비명이 흘러나왔다.

"괜찮아?"

엽무백이 고개를 꺾어 조원원을 돌아보며 물었다.

"괘, 괜찮아요."

조원원은 저도 모르게 목이 메었다.

"안 괜찮아 보이는데?"

"옆구리가 조금 찢어지고 등이 갈라진 것뿐이에요. 그러니… 괜찮아요."

옆구리가 찢어지고 등이 갈라졌는데 괜찮을 리가 있나. 하지만 조원원은 활짝 웃고 있었다. 그녀는 정말 괜찮았다. 죽다가 살아났는데 이까짓 검상 몇 개쯤 대수롭지 않았다.

"내게서 삼 장 이상 벗어나지 말란 말 잊었나?"

"그건 예전에 했던 말이…… 아직도 유효했어요?"

"내가 그만이라고 하기 전까진 언제나 유효하다."

"……!"

조원원은 가슴이 먹먹해졌다.

"당엽."

엽무백이 당엽의 이름을 짧게 불렀다.

당엽이 서둘러 조원원의 곁으로 가서 혈도를 눌러 지혈을 하고 금창약을 바른 다음 자신의 옷자락을 찢어 상처 부위를 싸매기 시작했다.

그의 모습 어디에도 적진 한가운데 있는 사람의 두려움 따위는 없었다.

엽무백은 천천히 좌중을 쓸어보았다.

화염이 줄기줄기 뿜어져 나오는 그의 눈빛을 마주하는 순간, 사람들은 흠칫 놀라며 다시 한 번 뒷걸음질을 쳤다.

그 모습이 마치 엽무백의 전신에서 무형의 강기가 뿜어져 나와 공간을 밀어내는 듯했다. 당금 무림을 경동시키고 있는 무적의 고수. 엽무백의 기도는 그들이 소문으로 들었던 것보다 훨씬 강했다.

"아수라장이 따로 없군."

엽무백의 입에서 나온 첫마디였다.

"오랜만이군. 혈검십칠안(血劍十七眼)."

엽무백은 냉랭한 목소리를 듣고 뒤를 돌아보았다. 궁장 차림을 한 절세의 미녀가 거기 서 있었다.

초공산의 두터운 신임을 받던 혈검조는 조원 모두가 선천적인 맹인 검수로 구성된 최강의 살수 조직이자 동시에 암중에서 초공산을 수호하는 호위대였다.

그런 그들도 어쩔 수 없이 눈이 필요한 때가 있었는데, 그

역할을 정상적인 눈을 가진 열일곱 명의 조장이 했다.

그들을 일컬어 혈검십칠안이라고 불렀다.

즉, 일조의 조장은 혈검일안, 이조의 조장은 혈검이안이 되는 것이다. 조장이라는 직급상의 명칭을 놔두고 굳이 별칭으로 부른 것은 그들이 정상적인 눈을 가졌다는 것 외에도 다른 한 가지 임무가 더 있었기 때문이다.

그건 신궁으로 들어온 팔마궁의 혈족, 즉 여덟 제자의 일거수일투족을 감시하는 일이었다. 엽무백은 만장각에 갇히기 전 삼 년 동안 그 짓을 했다.

이런 속사정을 알 리 없는 법공이 뜨악한 눈으로 엽무백을 바라보았다. 처음엔 십병귀, 다음엔 이룡군, 그리고 이번엔 혈검십칠안이다.

'도대체 저놈은 신분이 몇 개야?'

"나를 알고 있었나?"

엽무백이 물었다.

"날 감시하는 그림자가 있다는 보고는 받았지. 알아보니 혈검십칠안이었더군. 한데 당신이 사부의 숨겨둔 제자였을 줄이야."

'사부?'

법공의 눈이 휘둥그레졌다.

궁장 여인은 분명 엽무백을 일컬어 사부의 숨겨둔 제자라

했고, 엽무백의 사부는 초공산이다. 그렇다면 저 여자 역시 초공산의 제자라는 말이 된다.

처음에 스물일곱 명이었던 초공산의 제자들은 모두 죽고 열 명만 살아남았다. 그중 삼공자 장벽산이 가장 마지막으로 죽고, 칠공자였던 천제악은 교주가 되었다. 가장 나중까지 살아남았던 여덟은 다름 아닌 팔마궁의 혈족들이다.

'그렇다면 저 예쁜이는 팔마궁의 혈족 중 한 명이라는 말인데, 계집인데다 팔마궁의 혈족이면서 동시에 초공산의 제자였던 게 누구더라……?'

법공의 생각이 여기까지 미쳤을 때 칠성개가 유들유들한 음성으로 말했다.

"이성녀의 미모가 빼어나다는 소리는 들었지만, 실제로 보니 소문이 모자란 감이 없지 않구려."

법공은 깜짝 놀랐다.

뒤늦게 궁장 여인의 정체를 간파한 것이다.

이성녀 신화옥, 벽력궁주 신풍길의 무남독녀 외동딸이면서 초공산의 제자였던 후기지수. 이 시대 최강자 중 두 명의 진신절학을 한 몸에 이었으니 그녀의 무공은 얼마나 고강할 것인가.

상상만 해도 몸서리가 친다.

신화옥은 한백광, 법공, 칠성개, 청성오검을 한차례 쓸어보았지만 그들에게는 볼일이 없다는 듯 다시 엽무백에게로 시선을 주었다.

엽무백이 냉랭한 음성으로 말했다.

"솜씨가 좋군."

"천만에, 당신이 소문으로만 떠돌던 이룡군이었다는 걸 몰랐으니 낯부끄러운 일이지. 당신을 어떻게 불러야 하지? 다른 사람들처럼 십병귀? 아니면 사형?"

"굳이 나를 부를 일이 있을까?"

"십병귀가 좋겠어. 아무리 같은 사부 밑에서 사사했다고 해도 근본도 없는 혈통과 사형제지간이 될 수는 없잖아."

"저 쌍!"

법공이 한순간 발끈하고 나섰다.

하지만 누가 뭐라고 하기도 전에 그는 슬그머니 물러났다. 엽무백을 두고 욕을 한 것인데 굳이 자신이 나서서 화를 낼 이유가 없었다.

하지만 문득 이제 와서 발을 빼면 사람들이 신화옥을 두려워해서 그런 줄로 오해할지도 모른다는 생각이 들었다.

법공은 다시 앞으로 나갔다.

"계집, 터진 주둥아리라고 함부로 놀리지 마라."

"……!"

신화옥이 법공을 쏘아보았다.

순간, 법공은 시뻘건 불덩어리 두 개가 자신의 눈을 찔러오는 듯한 충격을 받았다. 동시에 아찔한 현기증이 찾아왔다. 대경실색한 법공은 황급히 두 걸음을 물러났다.

그건 그야말로 본능적인 움직임이었다.

뒤늦게 실태를 깨달은 법공이 다시 두 걸음을 나아갔지만 이미 체면을 몽땅 구긴 상태였다.

'제길, 무슨 사술인지 알 수가 있어야지!'

법공의 도발은 일회성의 사고로 끝나고 말았다.

엽무백은 가볍게 웃고는 신화옥을 향해 말했다.

"좋을 대로. 한데 고귀한 혈통을 지닌 이성녀께서 여기는 웬일이지? 열흘 동안 팔마궁은 어떠한 경우에도 싸움에 끼어들지 않겠다고 공언했는데, 신기자가 거짓을 고한 것인가, 아니면 벽력궁은 비마궁과 생각이 다른 것인가?"

"당신을 한 번 보고 싶었어. 사부를 긴장케 했다는 자가 어떻게 생겼나 궁금했거든. 그런데 이렇게 만나고 나니 이젠 잡고 싶어지네."

그 순간, 네 명의 노고수가 신화옥의 옆으로 뚝뚝 떨어져 내렸다. 표표한 신법으로 혈랑삼대의 진영을 단숨에 뛰어넘은 자들은 다름 아닌 곤륜사괴였다.

'저것들은 또 뭐지?'

법공의 눈이 다시 한 번 휘둥그레졌다.

신화옥만으로도 입이 쩍 벌어질 판인데, 그녀 못지않은 노고수들이 네 명이나 등장했다. 법공은 저도 모르게 곤을 쥔 손에 힘이 들어갔다.

"곤륜사괴, 노구를 이끌고 천방지축 철부지 아가씨 수발드느라 고생이 많소."

법공을 비롯해 한백광, 칠성개, 청성오검, 당엽까지 표정이 딱딱하게 굳었다. 곤륜사괴에 대한 명성은 그들이 걸음마를 하던 시절부터 귀가 따갑도록 들었다.

정사마 어느 쪽에도 속하지 않으면서 중원무림을 눈 아래로 본다던 희대의 노괴들이 바로 곤륜사괴다.

전신에서 뿜어져 나오는 기도로 미루어 예사롭지 않은 노인들인 줄은 알았지만 이토록 대단한 내력을 지녔을 줄이야.

"혼세신교의 이성녀이자 장차 벽력궁을 이끌 소공녀를 철부지 아가씨로 전락시키는 건 조금 무리인 것 같군."

일괴가 말했다.

엽무백은 다시 신화옥을 돌아보며 말했다.

"이성녀와 벽력궁의 소공녀. 둘 중 하나만 하지."

"머지않아 그렇게 될 거야."

"그래서 이제 나를 막으시겠다?"

"귀가 어둡군. 난 너를 잡고 싶다고 했어."

"겨우 곤륜사괴 따위로?"

"잊었나 본데, 나도 칠대 혼마의 진전을 이은 몸이야."

"동시에 벽력궁의 소공녀이기도 하고."

"무공은 양쪽 모두를 익히긴 했지."

"시작할까?"

"말이 조금 길었지?"

신화옥의 말이 떨어지기 무섭게 곤륜사괴가 그녀를 제치고 앞으로 나섰다.

한백광, 법공, 칠성개, 청성오검이 일제히 엽무백의 곁으로 다가와 좌우를 점하고 섰다. 그러자 일개 군단을 방불케 하는 위엄이 뿜어져 나왔다.

"여러 사람 나설 필요 없어. 등이나 지켜."

말과 함께 엽무백은 장창을 바닥에 힘껏 꽂았다.

그리고 한 걸음 앞으로 나아갔다.

단지 한 걸음을 옮겼을 뿐이었지만 사람들은 흡사 태산이 움직인 듯한 압박감을 느꼈다.

사괴가 앞으로 나섰다.

순간 혈랑삼대 속에서 웅성거리는 소리가 흘러나왔다. 사괴는 앞서 화문강에게 일장을 맞고 내상을 입었다.

당장 요상을 해도 모자랄 판에 그가 어찌하여 나서는가. 한데 나설 만했다. 무슨 사술을 부렸는지 그는 어느새 일각 전의 건강한 모습으로 돌아와 있었다.

귀신이 곡할 노릇이었다.

엽무백은 저간의 사정을 간파하고는 웃으며 말했다.

"사괴, 혈색이 안 좋아 보이는데, 괜찮겠어?"

"북천삼시를 쓰러뜨렸다더니 기고만장해졌구나."

"펄펄하군. 그만 시작하지."

"건방진 놈!"

사괴가 힘차게 거치도를 뻗어왔다.

무시무시한 파공성과 함께 막강한 검파가 엽무백의 중단을 쪼개고 들어왔다.

엽무백은 왼쪽으로 한 걸음을 가볍게 옮겨 디뎠다. 그의 동작은 너무나 느려 도저히 사괴의 거치도를 피할 수 없을 것 같았다. 지켜보고 있던 조원원조차도 '악!' 소리를 지를 정도였다.

하지만 그건 기우였다.

무슨 귀신같은 술수를 부렸는지 사괴의 거치도는 헛되이 허공을 갈랐을 뿐이었다.

까앙!

엽무백의 발아래 있던 바윗덩어리가 쩍 갈라졌다. 사괴는 노련했다. 일격이 실패했음을 인지하는 순간, 그는 튕겨 올라오는 거치도를 벼락처럼 꺾어 엽무백의 허리를 양단해

갔다.

그 기세가 가히 천년거암을 쪼갤 듯 사나웠다.

하지만 엽무백은 이번에도 느리기 짝이 없는 동작으로 사괴의 거치도를 피했다. 괴이한 일이었다. 흔하디흔한 철판교의 수법으로 상체를 꺾었을 뿐인데, 거치도는 흡사 허깨비를 자르듯 그의 가슴 위로 흘러갔다.

그 순간, 무슨 이유에선지 사괴가 대경실색하며 한 걸음을 물러났다. 딱 그만큼 엽무백이 신형을 움직여 사괴에게 달라붙었다. 당황한 사괴는 거치도를 난상으로 휘둘러대며 연거푸 뒷걸음질을 쳤다.

그때마다 엽무백은 그림자처럼, 혹은 유령처럼 사괴에게 찰싹 달라붙어 떨어지질 않았다. 마치 개구리를 발견한 아이가 재밌는 장난감을 놓치기 싫은 듯 따라다니는 것 같았다.

잠깐 사이에 사괴는 대여섯 번을 물러났고, 수십 번의 검을 휘둘렀다. 하지만 그는 엽무백을 베지도, 자신에게서 떼어놓지도 못했다.

사괴의 이마에는 땀이 송골송골 맺혔다.

그때, 삼괴가 두 사람 사이로 뛰어들었다.

삼괴의 귀두도에서 검기가 줄기줄기 뻗어 나와 엽무백을 갈라갔다. 그 기세가 가히 질풍과도 같았다.

하지만 싸움의 양상은 전혀 달라지지 않았다.

삼괴와 사괴 모두 어쩐 일인지 엽무백의 옷자락 하나 건드리지 못했다. 엽무백의 신형은 단지 좀 더 빨라졌을 뿐이었다.

"귀곡상문진(鬼哭喪門陣)을 펼쳐라!"

보다 못한 일괴가 외쳤다

동시에 그 자신도 용두장도를 휘두르며 뛰어들었다. 뒤를 이어 이괴가 가세했다. 이로써 곤륜사괴 모두가 엽무백 하나를 상대로 싸움을 시작했다.

일괴, 이괴, 삼괴의 칼끝에서 뿜어져 나온 새하얀 도기가 허공에서 실처럼 어지럽게 나부끼며 엽무백을 압박해 갔다. 도기가 대기를 가르는 소리가 마치 귀곡성처럼 울렸다.

눈 깜짝할 사이에 엽무백은 촘촘한 도기의 그물에 갇혀 버렸다. 그런데, 그럼에도 불구하고 도기의 그물은 엽무백을 어쩌지 못했다. 엽무백은 실체가 없는 허깨비처럼 이리저리 나부끼며 어지러운 도기 사이를 날아다녔다.

곤륜사괴와 엽무백의 싸움을 지켜보던 사람들은 적아를 구분할 것 없이 모두가 석상처럼 굳어버렸다.

하늘 아래 누가 저토록 가공할 도기의 그물을 뽑아낼 것이며, 그 그물 아래 무사할 자 또 누구인가.

한데 그걸 뽑아내는 사람들이 있고, 또 그걸 한 치의 흐트

러짐도 없이 피하는 사람도 있있다.

'이건 인간들의 싸움이 아니다!'

모두의 머릿속에 든 생각이었다.

그때 일괴의 입에서 나직한 신음이 터졌다.

"유령비조공(幽靈飛鳥功)!"

유령비조공은 혼원요상신공과 함께 초공산을 천하제일인의 반석에 올려놓은 경신공이었다. 유령비조공은 일반적인 범주의 경신공과 궤를 달리한다.

초와 식으로 구분을 하지 않고, 법(法)으로 구분을 하는데 일법은 여느 문파의 경신공 하나를 통째로 가져온 것만큼이나 복잡하다.

엽무백이 펼친 것은 그중 풍중표우법(風中漂羽法)이라고 부르는 수법이었다. 일단 펼치면 바람에 나부끼는 깃털처럼 가벼운 것이 특징이다.

아무리 빠른 칼도 무게가 없는 솜털을 자를 수는 없다. 말이 안 되는 것 같은데 실제로 해보면 그게 얼마나 힘든 일인지 알게 된다. 칼날이 일으키는 바람 때문에 솜털이 도신을 타고 넘어버리기 때문이다.

엽무백의 신형이 느린 듯하면서도 빨랐던 이유가 바로 여기에 있었다.

유일한 방법은 솜털이 도신을 타고 넘기 전에 광속으로 자르는 것인데, 불행하게도 곤륜사괴는 아직 그 경지에는 이르지 못했다.

아니, 그러기엔 엽무백의 신형이 가벼웠다.

풍중표우법을 알아본 일괴는 엽무백의 내공이 화경에 접어들었음을 알 수 있었다.

'승부를 장담할 수 없다!'

곤륜사괴가 그것을 인지하는 순간, 폭발음이 들렸다.

뻐버버벙!

곤륜사괴가 약속이나 한 듯 나가떨어졌다.

엽무백이 풍중표우비를 펼치는 와중에 곤륜사괴의 가슴에 권장을 작렬한 것이다. 곤륜사괴는 거대한 망치로 두들겨 맞은 듯, 온몸을 흔들며 대여섯 장이나 물러났다.

그리고 시커먼 피를 연거푸 토해냈다.

사람들은 충격에 휩싸였다.

중원무림을 공포에 떨게 했던 네 명의 초고수가 단 한 명을 어쩌지 못해 주먹 타작을 받고 물러났다. 그것도 동시에. 곤륜사괴는 그렇게 당해서는 안 되는 사람들이었다.

애석하게도 일대고수들의 싸움은 엽무백의 일방적인 승리로 끝나는 듯했다.

한데 놀라운 일이 벌어졌다.

곤륜사괴는 두어 차례 피를 토하고 나더니 또다시 일어나

칼을 고쳐 잡았다.

장력에 맞아 토혈했다는 것은 내상을 입었다는 증거다. 앞서 사괴와 마찬가지로 내가중수법에 당한 것이 분명한데, 네 사람은 무슨 일이 있기라도 했느냐는 듯 멀쩡한 얼굴로 다시 엽무백과 마주하고 섰다.

곤륜사괴가 불사신이 아닐진대, 어찌 이런 일이 일어날 수 있단 말인가. 사람들의 표정이 쩌정쩡 얼어붙었다.

"곤륜사괴가 나환대라술(螺環大羅術)을 익혔다는 소문이 돌더니 사실인가 보군."

나환대라술은 천산의 어느 무맥을 통해 한동안 전해졌다는 전설 속 내공심법이다. 여타의 내공심법처럼 권각에 힘을 가중하는 공능은 없다.

하지만 싸움 중에 생긴 어떤 내외상도 단숨에 자가치료를 해버리는 이적을 행할 수 있다. 때문에 나환대라술을 익힌 자를 죽이는 것은 거의 불가능했다.

단 몇 수에 목을 뽑고 사지를 잘라낼 정도의 압도적인 무력을 지니지 않은 이상, 격전을 하다 보면 한두 번쯤은 칼에 맞지 않겠는가.

그러면 모든 게 끝난다.

초반에 우세를 보이는 듯하다가도 잠깐의 실수 한 번으로 어이없는 역전패를 당하게 된다. 지난날 무림의 절정고수들이 곤륜사괴보다 강한 무공을 지니고도 처참하게 죽은 이유가 바로 여기에 있었다.

나환대라술은 상리를 벗어난 무공이다.

즉, 마공인 것이다.

신화옥이 엽무백을 잡겠노라고 큰소리를 땅땅 친 이유가 바로 여기에 있었다. 사람들은 곤륜사괴가 나환대라술까지 익혔다는 말에 다시 한 번 치를 떨었다.

"견문이 제법 넓구나. 나환대라술까지 알아봤다면 오늘이 네놈의 제삿날인 것도 짐작할 터. 각오는 되어 있겠지?"

일괴가 말했다.

"방패가 있으면 그걸 뚫을 창도 있는 법. 입으로 싸울 게 아니라면 어서 덤벼라."

엽무백이 어깨를 비스듬히 돌리고 섰다.

또다시 벌어지려는 일촉즉발의 순간, 싸늘한 음성이 엽무백의 뒤편에서 흘러나왔다.

"잠깐!"

엽무백이 천천히 고개를 꺾어 뒤를 돌아보았다.

혈랑삼대의 생존자들이 씹어 먹을 듯한 눈으로 그를 노려보고 있었다. 그들을 제치고 한 사람이 걸어 나왔다.

"그는 우리의 몫이오."

화문강이 말했다.

일괴를 향한 말이었다.

"아이야, 네가 낄 자리가 아니다!"

"과연 그럴까?"

그 순간, 어디선가 지축을 울리는 듯한 소리가 들려왔다. 수십 명 정도로 만들 수 있는 소리가 아니었다. 그건 병단을 방불케 할 만큼의 병력이 전속력으로 말을 달릴 때만 가능한 소리였다.

흑풍대가 협곡의 입구에 도착한 것이다.

흑풍대는 철갑귀마대, 혈랑삼대와 더불어 신궁의 핵심 타격대 중 하나였다. 빠른 말과 중병으로 무장을 한데다 전투가 벌어지면 언제나 선발대를 맡을 정도로 호전적이었다.

혈랑삼대가 반색을 하는 반면, 신화옥과 곤륜사괴는 적잖게 당황하는 눈치였다. 곤륜사괴의 시선이 일제히 신화옥을 향했다. 잠시 침묵이 흐른 후 신화옥은 마침내 결정을 내렸다. 그녀가 엽무백을 돌아보며 말했다.

"이제 이레가 남았군. 명심해. 이레가 지나면 팔마궁이 너를 사냥하기 시작할 거야. 그때까지 누구에게도 잡히지 말라고."

말과 함께 신화옥이 신형을 쏘았다.

눈 깜짝할 사이에 그녀는 협곡의 벽면을 두어 차례 박차더니 이내 까마득한 허공 너머로 사라져 버렸다.

곤륜사괴가 뒤를 이었다.

신화옥과 곤륜사괴가 사라지자 혈랑삼대가 엽무백 일행을 사납게 에워싸기 시작했다. 화문강의 입에서 뇌성과도 같은 명령이 떨어졌다.

"형제들의 원수를 갚아라!"

"와아!"

우렁찬 함성과 함께 사백여의 병력이 일제히 엽무백 일행을 중심으로 원을 그리며 돌기 시작했다.

차륜진(車輪陣)이다.

다수가 막강한 소수를 상대할 때 쓰는 전술. 적들에게 쉴 틈을 주지 않음으로써 실패를 유도하는, 다소 희생이 따르기는 하지만 결국엔 승리할 수밖에 없는 전술이 바로 차륜진이다.

화문강이 차륜진으로 전환을 한 것은 수하들을 희생하더라도 엽무백의 도주를 막겠다는 필사의 의지였다.

차륜진은 필승의 전술이기도 하지만, 물처럼 쉬지 않고 흐르는 방위로 인해 활로가 없는 전술이기도 했던 것이다.

잠시 후, 흑풍대까지 당도하게 되면 차륜진의 위력은 더욱 커지고, 엽무백은 일천사백이나 되는 대병력을 모두 몰살하지 않는 한 꼼짝없이 잡힐 수밖에 없으리라.

하지만 그건 오롯이 화문강의 바램일 뿐이었다.

"당엽, 길을 열어라!"

엽무백의 입에서 짧은 음성이 흘러나왔다.

말이 떨어지기 무섭게 당엽은 시커먼 그림자로 화해 차륜진 속으로 뛰어들었다.

그리고 이어지는 비명.

"커헉!"

"으악!"

"아악!"

세 명의 목에서 피보라가 솟구쳤다.

톱니바퀴처럼 촘촘하게 맞물려 돌아가던 차륜진에 한순간 균열이 생겼다. 그 균열을 뚫고 당엽은 계속해서 돌진했다.

처참한 비명이 이어졌다.

그건 살겁의 시작에 불과했다.

"법공, 활로를 만들어라!"

또다시 터지는 엽무백의 일성.

법공과 한백광, 칠성개, 청성오검이 뒤를 이어 차륜진 속으로 뛰어들었다. 그들은 당엽의 뒤를 바짝 따라가며 좁은 균열을 사두마차가 달려갈 정도의 대로로 벌려 버렸다.

내력을 알 수 없는 살수와 소림의 나한승, 무당칠검, 개방의 후개, 청성의 다섯 검수가 펼치는 임기응변의 연수합격은 실로 놀라운 위력을 발휘했다.

육신이 갈라지는 소리와 죽어가는 자의 비명이 난무했다. 붉은 물줄기가 쉴 새 없이 공중으로 뿌려지며 피비린내가 진동했다. 사백여 명이 펼치는 거대한 차륜진은 눈 깜짝할 사이에 무참하게 찢어져 버렸다.

경악한 조원원의 손을 엽무백이 덥석 잡았다.

"가자!"

뭐가 어떻게 된 건지 물어볼 틈도 없이 조원원은 엽무백의 손에 이끌려 차륜진 속으로 달려갔다. 정신을 차리고 보니 조원원은 어느새 여덟 명의 보호 아래 있었다.

좌우에서는 적들이 쉴 새 없이 달려들었다.

사백여 명이 펼치는 차륜진이다.

한번 펼쳐지기 시작한 이 거대한 진의 흐름은 몇 사람이 인위적으로 바꿀 수 없었다. 그건 마치 거대한 소용돌이 속으로 뛰어드는 것과 마찬가지였다.

다시 말해, 적군도 아군도 제 의지와 상관없이 기계적으로 부딪치고 싸워야 한다는 뜻이다.

당엽, 법공, 한백광, 칠성개, 청성오검이 이 거대한 괴물의 흐름을 깨뜨리고 있었다. 그 중심에 엽무백이 있었다.

"크아!"

"아악!"

적들은 계속해서 나타났고, 그때마다 사람들은 적들을 베어 넘겼다. 너무나 차분하고 담담하게.

'완벽해!'

第六章

폭풍전야

수많은 전각에 삼만 명의 상주하는 무인을 거느린 신궁(神宮)은 하나의 무국(武國)이었다.

그 무국이 지금 새롭게 단장되고 있었다.

십만대성회(十万大聖會)를 앞두고 손님 맞을 준비가 한창이기 때문이다.

십만대성회는 십 년에 한 번씩 개최되는 혼세신교의 정례행사였다. 이때가 되면 신교에 적을 둔 대륙의 모든 교도가 신궁에 집결하여 그들의 뿌리이자 고향인 천산(天山)에서 채화한 성화(聖火)를 피우고 전대 교주들에 대한 제를 올린다.

더불어 당대 교주에 대한 영원한 충성을 맹세한다.

그리고 칠 주야 동안 비무대회를 연다.

이때, 비무대회의 결과에 따라 수많은 인사이동이 행해진다. 수하가 주장이 되고, 주장이 수하가 되는 일도 다반사로 일어난다.

권세를 누리던 조직이 한순간에 와해되기도 하고, 없던 조직이 새롭게 생겨나기도 한다. 이는 신교의 율법 이전에 오랫동안 내려온 관습이기에 그 누구도 불만을 품지 못한다.

만에 하나 불만을 품게 되면 역도로 몰려 죽어도 할 말이 없다.

지난날을 되짚어보면 사루, 칠당, 육대, 오원의 수장마저도 십만대성회를 전후로 해서 바뀌는 경우가 많았다.

십만대성회는 신교의 체질을 대대적으로 바꾸는 일종의 역사(役事)다. 새로운 시대, 새로운 흐름에 편승하기만 한다면 누구나 출세를 할 수 있다.

때문에 야심이 있는 자들은 이날을 기다려 불철주야 수련을 게을리하지 않는다.

하지만 올해는 여러 가지 밑그림이 좀 달랐다.

첫 번째, 올해 여름 삼공자 장벽산이 죽고 칠공자였던 천제악이 팔대 교주로 등극할 즈음, 십만 교도가 신궁에 집결해 새끼손가락을 잘라 바치는 단지(斷指)로써 충성을 맹세한 적이 있다.

십만대성회라는 것이 십 년째 되는 해에 교주의 명령에 따라 어느 날에나 개최될 수 있기는 하다. 그래도 한 해에 대륙 전역에 흩어져 있던 십만 교도가 두 번씩이나 모이는 경우는 전례가 없었다. 그래서 다들 내년을 생각하고 있었는데 느닷없이 십만대성회의 령이 떨어진 것이다.

두 번째, 모두가 쉬쉬하지만 신궁과 팔마궁은 지금 권좌를 놓고 보이지 않는 전쟁을 하고 있다. 지금처럼 양자 간의 전력이 팽팽한 상황에서는 작은 행동 하나로도 걷잡을 수 없는 사태가 벌어질 수 있다.

때문에 일각에서는 이런 말들이 조심스럽게 흘러나왔다. 권좌에 성공적으로 안착한 교주가 십만대성회를 빌미로 신궁에 침투해 있는 팔마궁의 사람들을 한꺼번에 쳐내고, 자신의 사람들을 채우려 한다는 것이다.

충분히 가능성이 있는 말이었다.

교주가 신궁을 장악했다고는 하나, 아직도 신궁의 요직 곳곳에는 팔마궁의 사람들이 암암리에 포진해 있었다.

세인은 그들을 일컬어 뱃속에 든 검이라는 뜻에서 복검자(腹劍者)라고 불렀다. 그들은 신궁에 기거하는 한편 음으로 양으로 신교의 대소사에 크게 관여했다. 동시에 궁 내에서 일어나는 모든 일을 빠짐없이 팔마궁에 보고했다.

이걸 역으로 보자면 팔마궁이 신교의 대소사를 좌지우지 한다고 말할 수도 있는 것이다. 그럼에도 불구하고 발본색원 하자 못하는 것은 복검자들의 정체가 워낙 은밀하여 파악이 불가능했기 때문이다. 심지어 자신이 복검자인지도 모르는 채 팔마궁의 일에 일조를 하는 자들까지 있다는 말이 돌 정도 였다.

복검자들의 존재는 팔마궁에게 적지 않은 힘이었다. 오죽 하면 죽은 초공산 전대 교주가 복검자들을 발본색원하지 않 는 한 팔마궁을 절대 무너뜨리지 못할 거라는 말을 했을까.

이건 사실 당연한 일이었다.

상주하는 무인이 삼만이나 되는 거대한 무국을 완벽히 통 제한다는 것은 물리적으로 불가능했다. 만에 하나 복검자들 을 한꺼번에 처단할 생각이라면 십만대성회는 훌륭한 명분과 계기를 제공할 수 있었다. 물론 복검자들을 찾아낼 수만 있다 면 말이다.

그리고 올해의 십만대성회가 여느 때와 다른 이유가 한 가 지 더 있었다.

그건 십병귀라는 새로운 인물의 출현이다.

그가 죽은 초공산 전대 교주의 숨겨둔 제자이며, 지금은 신 교를 배신하고 정도무림의 정영들과 함께 금사도로 향하고 있다는 건 이제 비밀도 아니다.

지난 몇 달 동안 그가 행한 일들은 그야말로 이적이나 다름없었다. 이름만으로도 강호를 경동시키는 신교의 절정고수들이 숱하게 죽었다. 황벽도, 매혈방, 남창, 파양호, 대별산, 무당산의 전투는 이제 세인의 입을 통해 전설처럼 퍼져 나가고 있다.

대륙 전역에서는 놈을 추종하는 무리가 우후죽순으로 생겨나는 중이다. 그들의 활약 또한 무섭다. 지금도 신교의 지단과 교에 충성을 맹세한 수많은 무림방파들이 들불처럼 일어난 정도무림의 생존자들에게 기습을 받고 있었다.

만약 금사도가 실제로 존재하고, 십병귀와 그가 이끄는 정도무림의 정영들이 금사도에 도착한다면, 그래서 금사도에 있다는 미지의 고수가 이끄는 결사대와 합류를 한다면 문제는 더욱 심각해지리라.

이런 세 번째 사정을 근거로 또 하나의 가설이 제기되었다. 십병귀라는 공동의 적을 만난 천제악과 팔마궁이 은연중에 뜻이 통했고, 대적을 제압하기 위해 힘을 한 곳으로 결집하는 중이라는 게 그것이다.

이것 또한 충분히 가능성이 있는 말이었다.

천제악과 팔마궁 모두에게 십병귀는 이제 만만한 상대가 아니었으니까.

엽무백의 출현, 연이은 신교 타격대들의 패배, 십만대성회의 소식으로 말미암아 세상의 모든 눈이 신궁으로 향하고 있는 듯했다.

하지만 그건 어디까지나 범인의 이야기, 세상사의 흐름을 조금이라도 읽을 줄 아는 사람들의 눈은 지금 비마궁을 향하고 있었다. 그들의 행보에 의해 천하무림의 향배가 천변만화할 수 있다는 걸 알기 때문이다.

신궁으로부터 서쪽 십 리 밖 백산곡(白山谷)에 자리한 비마궁은 정적에 휩싸여 있었다.

"십병귀가 정도무림의 생존자 오백을 이끌고 진령으로 사라졌습니다. 흑풍대와 혈랑삼대의 잔여 병력이 추격을 하고 있지만 아무래도 당분간은 접전이 벌어지기 어려울 듯합니다."

신기자가 말했다.

"꼬리를 놓쳤다?"

이정갑이 말했다.

"놈이 벽력궁의 폭기로 진령으로 들어가는 유일한 협곡을 무너뜨렸습니다. 시간을 벌기 위해서죠."

"이룡군답군."

신기자는 십병귀라 호칭을 했지만 이정갑은 이룡군이라 불렀다. 십병귀와 이룡군, 모두 같은 사람을 일컫는 말이지만 그 속에 담긴 의미는 하늘과 땅만큼이나 차이가 있었다.

십병귀는 단지 거추장스러운 살수에 불과했지만, 이룡군은 신교의 사직을 뿌리째 뒤흔들 수 있는 존재이기 때문이다. 스물일곱의 제자 중 누구에게도 전해지지 않은 혼원요상신공을 바로 그가 잇지 않았는가.

혼원요상신공을 손에 넣을 수만 있다면 천제악의 권위를 크게 훼손시킬 수 있다. 반대급부로 혼원요상신공을 가진 자는 새로운 교주로서의 중요한 정당성을 가지게 될 것이다.

"대망곡에서 전투가 벌어졌을 당시 벽력궁의 소공녀께서 모습을 드러냈다고 합니다."

"화옥이가?"

"곤륜사괴를 대동하셨습니다."

"노괴들까지 끌고 갔다면 단순히 구경을 하러 간 건 아니겠군."

"조원원이라는 여자가 있습니다. 청산인의 진전을 이은 후기지수인데 십병귀를 가장 먼저 발견하고 줄곧 동행을 했지요. 전투 중에 그녀가 대열에서 벗어나 고립된 모양입니다. 엽무백을 불러낼 인질로 쓸 요량으로 혈랑삼대가 추격을 했고, 그 와중에 소공녀께서 나타나신 것 같습니다."

"녀석도 여자를 노렸군."

"아마도 그런 것 같습니다. 혈랑삼대와 접전이 벌어졌고 벽력궁 호법당의 고수들이 몰살당했고 혈랑삼대의 무인 백여 명 정도가 죽었습니다. 곤륜사괴가 철벽으로 호위를 한 덕택에 소공녀께서는 무사하십니다."

"벽력궁주의 머리가 복잡하겠군."

교주의 명을 행하는 타격대가 공격을 받았다.

모조리 잡아다 목을 벤다고 해도 할 말이 없다.

물론 벽력궁주는 그렇게 되도록 놓아두지 않을 테지만 말이다.

"우려하시는 일은 일어나지 않을 겁니다. 범을 노리는 사냥꾼은 다람쥐의 싸움을 신경 쓰지 않는 법이니까요."

"그날이 임박했다고 보는 건가."

"십만대성회가 며칠 앞으로 다가왔습니다. 아시다시피 이번 십만대성회는 조용하게 치러질 수가 없습니다. 우선은 그들의 진의를 파악하는 것이 시급합니다. 짐작하는 것과 아는 것은 다르니까요."

"말하고 싶은 게 무엇인가?"

"한 번도 쓰지 않았던 복검을 움직일까 합니다. 공교롭게도 벽력궁의 소공녀께서 사고를 치시는 덕분에 일이 훨씬 수월해질 것 같습니다."

"위험하지 않겠는가?"

"위험한 만큼 얻는 게 있을 겁니다."

이정갑은 한동안 생각에 잠겨 있다가 말했다.

"알아서 하시게."

"감사합니다."

"그리고 새로 잔살의 살주가 된 자가 누구지?"

"고루검(高樓劍) 상문호입니다."

"그렇군. 그를 화문강에게 보내게. 감히 내 며느리 될 아이에게 칼을 겨누었으니 대가를 치러야 하지 않겠는가?"

"분부대로 거행하겠습니다."

*   *   *

늦은 밤, 만박노사는 한 사람의 방문을 받았다.

"놈이 진령으로 들어갔습니다."

검은 수염의 초로인이 말했다.

날렵하게 빠진 턱선을 따라 차가운 기도가 흐르는 그는 천망주 곡자룡이었다. 대륙에서 일어나는 모든 소식을 한눈에 꿰고 있다는 이 시대 최강 정보 집단의 수장.

만박노사는 속으로 실소를 머금었다.

천망주가 뇌총주의 거처를 방문한 것은 무려 십 년 만이다. 천망은 천하를 굽어보고 뇌총은 천하를 그린다. 일의 특성상

서로 중첩될 수밖에 없는 두 집단의 경쟁은 초공산이 죽고 천제악이 교주가 되면서 끝이 났다.

천제악의 강력한 신임을 등에 업은 만박노사가 사실상 신궁의 대소사를 좌지우지했기 때문이다. 오죽하면 만박의 입에서 나오는 말이 교주의 복심이라는 말까지 떠돌까.

오늘의 이 걸음으로 천망주는 그동안 있었던 뇌총과의 경쟁에 종지부를 찍고, 자신은 만박노사의 사람임을 알리고자 했다.

그럴 만한 이유가 있었다.

세상에서 일어나는 모든 일을 꿰뚫고 있는 그였지만 정작 신궁에서 일어나는 일, 정확하게 말하면 교주부(敎主府)에서 일어나는 일만큼은 몰랐다. 천제악이 만장각에 칩거하는 동안 모든 대외창구를 만박노사로 단일화하면서 정보가 차단된 탓이다.

십만대성회의 소집부터가 그렇다.

십만대성회를 열라는 명령이 떨어진 후 교내 곳곳에선 그 배경을 두고 제대로 아는 사람이 아무도 없었다.

"그게 언제입니까?"

"두 시진 전의 일입니다."

"오직 천망주만이 아는 정보겠지요?"

"이제 뇌총의 총주께서도 함께 아는 정보지요."

만박노사는 가볍게 미소를 머금었다.

곡자룡의 말이 이어졌다.

"혈랑삼대의 절반이 목숨을 잃었습니다. 놈이 벽력궁에서 탈취한 폭기를 터뜨리는 바람에 협곡이 무너졌고, 진령으로 들어가는 길까지 막혔습니다. 천망이 계속해서 놈의 위치를 파악하고는 있지만, 본대의 병력이 따라잡으려면 사흘은 걸릴 것 같습니다."

"그렇겠지요."

만박노사는 이미 예상을 한 듯 담담하게 말했다. 그 역시 엽무백의 행로를 시시각각 보고받았다는 뜻이다.

"이레 후면 십만대성회가 열리는 날입니다. 지금이라도 놈을 잡기 위해 동원된 병력을 모두 귀환시켜야 하지 않겠습니까?"

엽무백과 그 일당을 잡기 위해 동원된 무인의 숫자는 무려 일만이었다. 그들은 무당산에서 진령으로 향하는 모든 길목에 천라지망을 펼쳤었다. 그리고 놈을 놓친 지금, 그들은 여전히 엽무백 일당을 추격하며 진령을 달리고 있었다.

곡자룡이 이렇게 말을 하는 데는 이유가 있었다. 팔마궁은 초공산이 생존해 있을 당시부터 중원 각처에 은밀히 각자의 세력들을 길러왔다. 그중 가장 빨리 움직인 곳이 비마궁이었고, 덕택에 비마궁은 사실상 팔마궁을 이끄는 수좌가 되었다.

다시 말해 팔마궁은 신궁뿐만이 아니라 바깥에도 자신들의 사람들을 만들어놓은 것이다. 때문에 십만 교도가 신궁에 집결한다고 하지만 그중 상당수는 팔마궁 쪽 사람들이다.

곡자룡은 그 숫자를 삼 할로 보았다.

십만의 삼 할이니 삼만이다.

만에 하나 신궁에서 전쟁이 벌어진다고 가정했을 경우 삼만이 칠만을 이길 수 있을까?

충분히 이길 수 있다.

결정적인 순간 칠만은 천제악의 편이 되어줄 거라는 확신이 없는 반면, 삼만은 팔마궁을 위해 목숨을 걸 것이다. 게다가 그들은 만약의 경우를 대비해 철저히 준비를 하고 나타나지 않겠는가.

팔마궁은 이 기회를 놓치지 않을 것이다.

"굴을 비워야 호랑이를 유인할 수 있지 않겠습니까?"

"그 말씀은……?"

"망주께서 이 야심한 시각에 친히 노부를 찾아와 놈의 소식을 전해준 것은 끝까지 함께 가자는 의미로 받아들여도 되겠습니까?"

"천망은 처음부터 교주를 위해 힘을 아끼지 않았습니다.

잘 아시지 않습니까?'

"저는 지금, 목을 걸겠느냐고 묻고 있는 거외다."

곡자룡이 한순간 눈매를 좁혔다.

오래전부터 염려해 왔던 바로 그 일이 목전에 다가왔음을
본능적으로 알 수 있었다.

"협곡에서 전투가 벌어졌을 때, 계집 하나가 적 대열에서
이탈해 아군에게 포위되었습니다. 이름은 조원원, 해월루의
당대 전승자이자 처음부터 십병귀를 따르던 계집이었지요.
혈랑삼대가 그 계집을 좁은 협곡으로 몰아갔을 때 이성녀가
곤륜사괴와 함께 나타났습니다. 그리고 혈랑삼대주의 만류
에도 불구하고 천망 각주의 혀를 잘랐지요. 이유는 단 하나,
포로를 두고 '계집년' 이라고 했다는 것입니다."

이성녀가 나타났다는 말에도 불구하고 만박노사는 전혀
당황하지 않았다. 지금과 같은 시국에선 무슨 일이 일어나도
이상할 것이 없었다.

오히려 놀라운 건 이성녀가 천망 쪽 사람의 혀를 잘랐다는
것이다. 지금 이 순간, 진령에 나간 천망의 유령들을 이끄는
사람은 천망 삼각의 각주 권운이다.

곡자룡에게 권운은 특별한 존재였다.

권운이 바로 곡자룡의 제자였기 때문이다.

이성녀는 권운의 혀를 잘라 버림으로써 곡자룡에게 씻을

수 없는 치욕을 안겨주었다. 천방지축에 안하무인인 이성녀의 성정이 이번엔 팔마궁에 큰 해악을 입혔다.

곡자룡의 말이 이어졌다.

"처음부터 그랬듯이 천망은 끝까지 교주와 함께 갈 것입니다."

만박노사는 흡족하게 고개를 끄덕였다.

그리고 잠시 뜸을 들였다가 말했다.

"짐작하셨겠지만 이번 십만대성회는 예년의 그것과 다를 것입니다. 성전은 피로 물들 것이며, 팔마궁의 사람은 단 한 명도 살아서 신궁을 빠져나가지 못할 것입니다."

"그게 가능하단 말이오이까?"

"칠 일째 되는 날 비무대회가 끝나고 나면 그 즉시 대대적인 인사이동이 벌어질 겁니다. 하지만 짐작하다시피 인사이동은 명분을 만들기 위한 절차일 뿐, 실제로는 적재적소에 우리 쪽 인사들을 배치할 것입니다. 그러곤 밤 사냥이 시작되겠지요. 첫 번째 목표는 복검자들입니다. 이미 살생부가 만들어졌습니다."

"복검자들을… 모두 찾아냈단 말씀입니까?"

곡자룡이 두 눈을 치켜뜨며 물었다.

복검자들을 발본색원하는 건 철의 무인이라는 전대 교주조차도 하지 못한 일이다. 한데 천제악이 교주가 된 지 몇 달이 지났다고 그사이 복검자들을 모두 찾아냈단 말인가.

"신궁에 검은 달이 있다는 걸 아시는지……?"

"흑월을 모르고서야 어찌 천망주라 하겠소이까?"

흑월은 흑월루를 달리 부르는 말이다.

밤하늘에 검은 달이 뜬 것처럼 분명히 존재를 하되 그 실체를 본 사람은 아무도 없다고 해서 흑월이고, 거기에 교내의 서열을 만들기 위해 루(樓)를 붙였다.

해서 공식적인 명칭은 흑월루이지만, 아직도 많은 사람이 흑월이라고 했다. 흑월루의 수장 또한 공식적으로는 흑월루주이지만 일부에서는 월주라고도 불렸다.

"전대 교주께서는 오래전부터 은밀히 복검자들의 조직망을 파악하려고 노력해 오셨지요. 그 일을 바로 흑월이 했습니다. 덕분에 우리는 아주 쉬웠지요."

"하면 모두 찾아내신 겁니까?"

"칠 할은 파악했다고 자부합니다. 그 정도면 궁 내에 침투한 복검자의 조직망을 초토화하기에 충분하지요."

"과연 그렇군요."

"정교하게 배치된 일천의 병력이 사루, 칠당, 육대, 오원에 숨어 있는 복검자들의 목을 한날한시에 벨 것입니다. 그때쯤이면 십병귀를 잡기 위해 나간 일만의 병력이 신궁으로 집결하게 됩니다. 그리하여 도합 이만의 병력이 대륙 전역에서 올라온 고수 칠만의 병력과 가세하여 팔성군과 팔마궁주들의 거처를 연달아 치게 되지요."

"그러려면 대륙 전역에서 오는 칠만 교도에게도 미리 언질이 되어 있어야 하지 않겠습니까? 그게 물리적으로 가능한 일일까요?"

"몽골의 유목민들은 일천 마리의 양 떼를 움직이기 위해 모든 양에게 채찍질을 가하지 않습니다. 단 열 마리의 우두머리 양들만 움직이면 되지요."

"호오, 과연……!"

곡자룡은 놀라는 낯빛을 숨기지 못했다.

"제가 이 말씀을 천망주께 전해 드리는 것은, 혹시나 있을지 모르는 위험에 대비하라는 것입니다. 비무대회가 끝나는 날 밤 신궁은 피바다가 될 것입니다. 소나기는 사람을 가리지 않으니 각별히 조심하십시오."

"이를 말씀이오이까."

"껄껄껄. 모처럼 망주께서 직접 걸음을 하셨는데, 그동안의 적적함도 풀 겸 술이나 한잔할까요?"

"그거 좋지요."

잠시 후, 술상이 차려지고 두 사람은 홍겨운 분위기에서 늦도록 술을 나눴다. 새벽이 깊어서야 천망의 망주 곡자룡은 거나하게 취한 채로 돌아갔다.

곡자룡이 돌아가고 난 뒤, 한 사람이 대들보 위에서 뚝 떨어졌다. 시커먼 복장에 얼굴 반쪽을 두건으로 가린 그는 교내에서도 신비하기로 유명한 네 개의 조직 사루(四樓), 그중에서도 가장 신비롭다는 흑월루의 루주 이정풍이었다.

이정풍이 물었다.

"추격을 할까요?"

"관두시게. 그는 신중한 사람일세. 오늘 중으로 비마궁을 방문하는 일은 없을 걸세."

"천망주가 복검자였을 줄은 꿈에도 몰랐습니다."

"그게 세작들의 특징이지. 혀 밑에 숨어서 충성을 다하는 것처럼 위장하는. 하긴 그래야 고급의 정보에 접근할 수 있지."

"그래도 천망주가 직접 걸음을 할 줄은 몰랐습니다."

"불안감을 느끼고 있다는 증거지. 그들은 십만대성회를 연 배경에 대해 확실한 판단을 내리지 못하고 있어."

"팔마궁이 미끼를 물까요?"

"턱밑으로 칼이 들어오고 있다는 걸 알았으니 어떤 식으로든 역습을 하려 들겠지. 우리는 그들보다 딱 하루 더 먼저 움직이게 될 걸세."

"이제 본격적인 싸움이로군요."

"천망의 모든 눈이 나를 향하고 있네. 해서 자네가 한 가지 더 수고를 해줘야겠어."

"하명하십시오."

"지금 즉시 십병귀를 추격하고 있는 모든 병력의 수장들에게 신급(神級)의 지령을 내리게. 지금부터는 엽무백과 최대한 접전을 피하되 신궁을 백 리 정도 남겨두고 곁을 지날 무렵 귀환을 하라고."

신교의 명령은 크게 신(神), 천(天), 지(地), 인(人)의 네 등급으로 나뉜다. 그중 신 급은 특급의 기밀을 요하는 작전으로 오직 교주만이 내릴 수 있다.

교주의 명령이니 그 권위나 중요성은 비교할 대상이 없다. 외부로 발설되는 순간 전한 자나 들은 자나 이유 불문하고 모두 숙청된다.

"신궁을 백 리 정도 남겨두고 곁을 지난다고요?"

이정풍은 의문을 가졌다.

신궁은 십병귀가 들어간 진령에서도 한참이나 서쪽에 있다. 황하를 건너려면 진령을 넘어 북쪽으로 가야 한다. 따라서 엽무백을 추격하다가 신궁을 백 리 정도 남겨두고 곁을 지난다는 건 말이 안 된다.

이는 엽무백이 북쪽이 아닌 진령을 타고 서쪽으로 길을 잡을 경우에만 가능하다. 놈이 미치지 않고서야 신궁의 곁을 그렇게 가까이 지나갈 리 없지 않은가.

"놈은 진령을 넘지 않을 걸세."

"그게 무슨……!"

*   *   *

진령은 거대한 수림의 바다다.

사철 잎을 떨어뜨리지 않는 전나무 숲은 대낮에도 볕이 들지 않는다. 하물며 밤중에는 두말할 것도 없다. 기둥처럼 쭉쭉 뻗은 전나무 숲을 엽무백은 쉬지 않고 달렸다.

하늘에 뜬 만월과 정도무림의 생존자 오백이 그의 뒤를 따랐다. 수일간 이어진 진군과 이틀 전에 있었던 전투로 말미암아 피로가 극심했지만 누구 하나 불평을 늘어놓는 사람이 없었다.

그럴 분위기가 아니었다.

철갑마병을 막겠다며 나간 오십의 결사대 중 서른 명만이 살아서 돌아왔다. 오백의 적을 죽였으니 그야말로 무림사에 전무후무한 압승이라고 할 수 있었지만, 사람들의 마음은 오히려 무거웠다.

죽은 자들은 어느 문파의 마지막 전승자였고, 어느 가문의 유일한 생존자였으며, 누군가의 형제였다.

그들 스무 명의 희생으로 오백 명이 살았다.

살아서 금사도를 찾아갈 수 있다.

누군가는 목숨을 바쳤는데, 며칠 밤을 자지 못했다고 하여 불평을 늘어놓을 수는 없지 않은가. 물론 세상에는 그런 것 따윈 생각하지 않는 사람도 있긴 하다.

"밥은 먹게 해줘야 할 거 아냐, 밥은. 싸우고 나면 배가 얼마나 고픈데, 진령으로 들어와서는 밥 먹을 생각은 않고 주야장천 걷기만 하고 있으니 이게 뭐하는 짓인지 원."

법공이 재빨리 얼굴을 숙이며 말했다.

빽빽한 수림 속으로 말을 달리는 것은 나뭇가지들과의 싸움이었다. 예측할 수 없는 방향으로 뻗은 전나무 가지들이 쉴 새 없이 얼굴을 때려댔기 때문이다.

게다가 깜깜한 밤이니 오죽할까.

사람들은 달빛에 의지해 전방을 살피는 한편, 파공성이 일 때마다 상체를 재빨리 앞으로 숙이거나 뒤로 꺾으면서 억센 전나무 가지들을 피했다.

"힘들게 번 시간이에요. 조금이라도 빨리 진령을 벗어나야죠."

법공의 바로 앞쪽에서 달리던 조원원이 말했다.

법공이 투덜거린 게 어제 오늘의 일도 아니고, 그냥 넘어가도 될 것을 그녀는 굳이 응수해 주었다.

"금사도가 어디로 가는 것도 아닌데, 조금 더 빨리 간다고 뭐가 달라지나."

"그렇게 전투를 치르고도 모르겠어요? 한 걸음 빨리 가면 한 사람이 더 살 수 있어요."

"진령만 넘으면 금사도가 나타나기라도 하는 것처럼 말하는군. 여기서 황하까지 거리가 얼마인 줄이나 알아?"

"정말 아무 생각이 없군요. 당신처럼 속 편한 사람도 없을 거예요."

"무슨 말이야?"

"지금 우리가 있는 곳이 어디죠?"

"진령이잖아. 줄곧 그 얘기를 해놓고 무슨."

"혼세신교의 신궁이 바로 진령에 있어요. 신궁으로부터 백리 안에는 팔마궁 중 다섯 곳이 있고요. 그리고 아무도 실체를 모른다는 미지의 세력 명계 또한 진령 어딘가에 있죠. 다시 말해 우리는 지금, 혼세신교의 외장원을 지나고 있는 거나 마찬가지예요."

법공은 냉수를 뒤집어쓴 것처럼 머리가 시원해졌다. 왜 여태 그 생각을 못했을까? 당대를 살고 있다면 삼척동자도 아는 사실을.

아마도 진령의 광활함 때문일 것이다.

이 광활한 산과 숲에서 마교의 고수들과 부딪칠 확률이 얼마나 될 것인가. 하지만 조금만 주의를 기울여 보면 안심할

게 아니라는 것을 알 수 있다. 진령엔 대병력이 통째로 숨을 수 있는 지형이 많고, 적들은 정도무림의 생존자들이 진령을 넘을 거라는 걸 알고 있다. 언제 어디서 매복한 적들과 조우해도 이상할 것이 없다.

법공이 조용하자 조원원이 말했다.

"이제 엽 공자가 왜 그렇게 서두르는지 아시겠어요?"

"그래도 밥은……."

퍽!

조원원이 힘껏 당겼다가 놓는 바람에 굵은 나뭇가지 하나가 파공성을 내며 날아와 법공의 얼굴을 가격했다.

잠시 후 '쿵' 하는 소리가 뒤를 이었다.

조원원이 뒤를 돌아보니 말에서 떨어진 법공이 게거품을 문 채 쓰러져 있었다. 그녀가 당소정을 올려다보며 물었다.

"이 사람 왜 이래요?"

"어쩐지 너무 가까이 따라가더라니……."

그때 서쪽 숲으로부터 말 한 필이 대열을 향해 빠른 속도로 달려왔다. 놀란 사람들이 재빨리 도검을 뽑아 들었다. 어디선가 호각 소리가 길게 울렸다. 아군이니 공격하지 말라는 뜻이다.

"저 사람은 몽중연에 있던 비선인데……!"

비선은 대열의 선두 쪽으로 달려갔다. 그와 엽무백이 몇 마

디 말을 나누는가 싶더니 통인 하나가 후미를 향해 말을 달리
며 사람들에게 엽무백의 명령을 전했다.

　"백여 장 앞에 개활지가 있소. 그곳에서 잠시 쉬었다 가겠
소."

第七章 중원무림의 뿌리

개활지라고 해봐야 나무의 밀도가 조금 낮은 숲에 불과했다. 이제 막 떠오르기 시작한 해를 피할 수는 있지만 오백의 병력이 모두 모습을 감추기에는 너무나 부족했다.

사람들은 모닥불을 피우고, 근처 계곡에서 길어온 물로 쌀을 씻고 밥을 지어 먹었다. 연기가 곳곳에서 피어올랐지만 상관하지 않았다.

신궁의 앞마당이나 다름없는 진령에서 오백의 병력이 이동 중인데 들키지 않을 리 있나. 멀지 않은 곳에서 감시의 눈길이 있다는 걸 사람들은 모르지 않았다. 중요한 건, 대병력과 마주치지 않는 것이었다.

수뇌부가 엽무백의 주변으로 모여들었다.

모닥불 위에 얹힌 솥에서 김이 모락모락 나기 시작하는 동안 앞으로의 계획을 두고 회의가 열렸다.

"이 미묘한 시국에 왜 갑자기 십만대성회를 여는 걸까요?"

조원원이 말했다.

앞서 비선이 전한 내용이 바로 십만대성회에 관한 것이었다. 대륙 전역에 흩어져 있는 혼세신교의 교도들이 십만대성회에 참석하기 위해 신궁으로 향하고 있다는 것이다.

남궁옥이 시급하게 비선을 통해 그 소식을 전한 것은 신궁이 바로 진령에 있기 때문이다. 엽무백이 오백의 교도를 이끌고 진령으로 향하는 사이, 대륙 전역에서도 혼세신교의 교도들이 진령으로 모여들고 있다.

우연치고는 지나치게 공교롭지 않은가.

무당산에서 신기자를 통해 이미 십만대성회가 열릴 거라는 말은 들었지만, 우리 쪽 사람을 통해 보다 구체화된 소식을 들으니 훨씬 강한 충격으로 다가왔다.

사람들은 엽무백이 그토록 서둘러서 진령을 넘으려 했던 진짜 이유가 바로 이 십만대성회 때문이라고 생각했다.

과거 정마대전 당시에도 십만의 병력이 동시에 한곳에 집결한 예는 없었다. 십만이 집결한 땅을 단 오백의 병력을 이끌고 통과하는 것은 절대로 성공할 수 없는 무모한 도박이었다.

"아마도 팔마궁 때문일 것이오."

칠성개가 말했다.

모두의 시선이 칠성개에게로 향했다.

"다들 알다시피 팔마궁과 신궁은 하나의 하늘 아래 있는 두 개의 태양이오. 절대로 양립할 수가 없지. 그런 와중에 십병귀라는 걸출한 인물이 나타나더니 정도무림의 생존자들이 그를 중심으로 뭉치면서 자신들의 안위가 위협받고 있소."

칠성개는 잠시 엽무백에게 시선을 주었다가 다시 말을 이어갔다.

"어쨌거나 지금 권좌를 차지한 쪽은 천제악이오. 그에겐 혼세신교를 위협하는 십병귀와 그 무리를 척결해야 하는 의무가 있는 반면, 팔마궁의 입장에선 한발 물러나 느긋하게 상황을 살펴볼 수 있지. 지난날 무당산에서 신기자가 생각보다 쉽게 물러난 것도 그런 배경에서 나온 것이라고 보고 있소. 과거의 선례를 되짚어 보면 비마궁의 마두들은 그렇게 빨리 포기를 할 종자들이 아니거든."

"그게 십만대성회가 열리는 것과 무슨 상관이 있다는 거죠?"

조원원이 같은 질문을 다시 했다.

"십병귀가 금사도로 들어가는 것은 막아야겠고, 팔마궁이 언제 송곳니를 드러낼지 모르는 상황에서 병력을 뺄 수는 없고, 그렇다면 천제악으로서는 한 가지 방법밖에 없지. 바로 외부의 병력을 끌어들이는 것. 그 힘으로 십병귀와 그를 따르는 정도무림의 생존자를 박멸해 교주의 권위를 바로 세우는 것이 그의 목적이라고 보오. 바로 이 진령에서 말이오."

칠성개가 여기까지 말을 했을 때 사람들은 저도 모르게 고개를 끄덕였다. 과연 그럴듯하지 않은가.

모두의 시선이 약속이나 한 듯 엽무백을 향했다. 자신들을 진령으로 이끌고 온 사람도 엽무백이요, 혼세신교의 인물들을 누구보다 잘 아는 사람도 엽무백이다. 사람들은 그의 생각을 알고 싶었다.

엽무백은 장작으로 모닥불을 헤집어 불씨를 크게 일으킨 다음 천천히 입을 열었다.

"절반은 맞고 절반은 틀리오."

사람들의 표정이 한결 진지해졌다.

뭐가 틀리고 뭐가 맞는다는 걸까?

엽무백의 말이 이어졌다.

"맞는 것은 팔마궁이 견제하는 한 천제악은 신궁의 병력을 함부로 뺄 수 없다는 것이고, 틀린 것은 십만대성회가 우리를 잡기 위해 열리는 것이 아니라는 것."

"십만대성회를 여는 것이 우리를 잡기 위해서가 아니라고 요?"

조원원이 물었다.

"무당산에서 신기자는 열흘 동안 우리와 신궁의 싸움에 끼어들지 않겠다고 약속했지. 이건 일개 군사 따위가 결정할 수 있는 일이 아니오. 또한 즉흥적으로 결정할 수 있는 일도 아니지."

"그 말은……."

"그는 이미 비마궁주로부터 그에 관한 언질을 받고 왔소. 비마궁주가 제아무리 팔마궁의 수좌라고는 하나, 신궁의 결정과 정면으로 반하는 일을 독단으로 결정할 수는 없는 법. 팔마궁의 궁주들 또한 이 일에 관해 이미 알고 있었소."

"그렇다면 신기자가 일부러 물러났다는 뜻인가요? 우리에게 일천 필의 말과 오천 정의 도검, 그리고 벽력궁의 폭기까지 제공해 주면서?"

조원원이 놀란 눈을 치켜뜨고 물었다.

사람들은 깜짝 놀랐다.

이게 다 무슨 말인가.

정리를 하자면, 신기자는 처음부터 말 일천 필과 도검 오천 정을 줄 생각이었다. 오천여 명이나 되는 대병력이 사실은 자신들을 잡기 위한 것이 아니라 말과 도검을 운반하기 위한 것이었던 셈이다.

도대체 왜?

"그렇게까지 해서 그들이 얻는 게 뭐죠?"

당소정이 물었다.

조원원이 질문을 할 때면 감정의 기복이 선명하게 드러나는 반면 당소정은 언제나 차분했다. 때문에 그녀의 말은 어수선한 좌중의 분위기를 하나로 모으는 힘이 있었다.

"적의 적은 아군이라는 말이 있지. 우리가 강해지면 강해질수록 신궁을 크게 흔들 수 있소. 팔마궁이 노리는 것도 그것이고."

"그러다 우리가 신궁을 무너뜨리기라도 하면요?"

조원원이 말했다.

이런저런 말이 오가는 걸 보고 반대의 경우를 아무 생각 없이 불쑥 말한 것에 불과했다. 하지만 그 내용은 너무나 실현 불가능한 것인지라 좌중이 한순간 조용해지며 어색한 분위기가 흘렀다.

말을 한 조원원도 멋쩍음에 얼굴이 벌게졌다.

"쿡쿡, 그렇게만 된다면야 좋긴 하지."

칠성개가 말했다.

"뭐 절대로 안 될 것도 없지요."

청명이 말했다.

"아무렴, 못할 것도 없지. 신궁을 발라 버린 다음엔 그 여세를 몰아 팔마궁까지 쑥대밭으로 만들어 버리는 거야."

법공이 말했다.

세 사람의 농담에 분위기가 한결 부드러워졌다.

마귀들을 모조리 죽이고 신궁과 팔마궁이 쑥대밭으로 변한다면 얼마나 좋은 일인가. 사람들은 생각만 해도 속이 후련해지는 것 같았다.

"어쨌거나 팔마궁은 우리와 신궁을 싸움 붙이고 그 틈을 타 어부지리(漁父之利)를 취할 셈이군요."

조원원이 말했다.

"그 배경엔 우리가 아무리 강해진들 혼세신교를 무너뜨리지 못할 거라는 계산이 깔려 있고요."

당소정이 덧붙였다.

"신궁은 그걸 알고 십만대성회라는 패로 응수를 한 것이로군. 팔마궁이 또 어떤 기상천외한 방식으로 우리를 도울지 모르는 상황에서, 우리를 박멸하는 것보다는 팔마궁을 제거하는 것이 더 중요하다고 결정을 내린 거야. 나라도 그랬을 테니까. 과연 탁월한 식견이오!"

칠성개가 말했다.

"이런, 좋다 말았잖아."

법공이 말했다.

그는 천성적으로 싸움을 좋아했고, 진령에 들어오면 실컷 싸울 줄 알았다. 한데 자기들끼리 싸운다고 하니 왠지 허탈했다.

사람들이 너도나도 고개를 끄덕였다.

십만대성회가 열린 배경을 두고 어느 것 하나 시원한 해답이 없었는데, 이제야 확실하게 알 수 있을 것 같았다.

"자그마치 십만인데, 팔마궁이 사라질 날도 머지않았군."

법공이 고소하다는 듯 말했다.

"과연 그럴까?"

엽무백이 말했다.

사람들은 또다시 의아한 표정을 지었다.

"신기자가 그걸 짐작 못 했을까?"

"그게 무슨 말이야?"

"세인들은 만박노사와 신기자를 일컬어 제갈량과 사마중달에 비유하지만, 내 생각엔 달라. 만박노사가 늙은 여우라면 신기자는 천 년 묵은 여우야. 무서운 인간이지."

"하면 신궁이 십만대성회를 열도록 신기자가 판을 벌였다는 말인가요?"

당소정이 물었다.

엽무백은 입가에 가벼운 미소만 그렸다.

긍정의 의미다.

그렇다면 십만대성회를 연 건 신궁이 아니라 팔마궁이라는 뜻이다.

도대체 왜?

"뭐가 일을 꾸미고 있군."

청명이 말했다.

"일이 재밌게 돌아가는걸."

칠성개가 말했다.

다시 정리를 하자면, 팔마궁과 신궁이 십만대성회를 두고 동상이몽하고 있다. 앞서의 것과 차이가 있다면 신궁 못지않게 팔마궁도 치밀한 준비를 했다는 점이다.

필시 각자의 사활을 건 충돌이 벌어지리라.

충돌의 결과는 둘 중 한 곳의 궤멸이다. 최악의 경우 양패구상이 될 수도 있다. 그들에게 최악의 결과는 정도무림의 생존자들에게 최선의 상황이다.

곰곰이 생각해 보니 이런 횡재가 없다.

자신들을 잡으러 오는 줄 알았더니 마귀들끼리 아귀다툼을 벌인단다. 다시 오지 않을 기회다. 이제 남은 일은 적들이 싸우는 동안에 서둘러 진령을 넘는 것이다.

"한시름 놓았군."

청명이 말했다.

"거봐. 굳이 서두를 필요 없다니까."

법공이 조원원을 향해 버럭 소리를 질렀다.

"뭔가 좀 이상한데요? 단지 팔마궁만 노렸다면 우리가 진령으로 진입하는 걸 그렇게 결사적으로 막았을 리가 없잖아요."

조원원이 반박했다.

"결사적은 아니지. 겨우 천여 명 가지고."

"그건 우리가 격돌한 숫자에 한해서죠. 실제로는 그보다 훨씬 많은 병력이 천라지망을 펼쳤을 걸요. 지금도 적지 않은 병력이 추격 중일 거고요."

"그럼 뭐야. 신궁이 팔마궁과 우리라는 두 마리 토끼를 한꺼번에 잡으려 한다고?"

"우리가 제법 흔들어놓기는 했지만 세상은 아직도 마도천하예요. 병력도 이제 겨우 오백. 이 정도로 그들이 눈 하나 깜짝할 것 같아요?"

조원원이 여기까지 말을 했을 때 모두가 고개를 끄덕였다. 곳곳에서 정도무림의 생존자들이 들불처럼 일어나고 있다고는 하지만 사실은 작은 불씨에 불과하다.

그러나 전쟁의 혼란을 틈타 엽무백이 금사도를 찾기라도 한다면, 그래서 금사도에 있다는 결사대와 함께 신궁을 공격한다면 얘기가 달라진다.

살아남은 정도무림의 생존자들이 십여 년의 세월에 걸쳐

금사도로 향했으니 그 힘은 얼마나 될 것인가. 무시할 수 없는 세력이 된 그들이 만에 하나 팔마궁에 힘을 실어주기라도 한다면…….

결국 신궁으로서는 그 힘이 커지기 전에 싹을 자를 수밖에 없다. 다시 말해 두 마리 토끼를 한 번에 잡는 것이다.

"밥만 먹고 얼른 진령을 넘어야겠군."

법공이 슬쩍 한발 물러났다.

그때, 척후를 살피러 갔던 당엽이 돌아왔다.

그가 귓속말을 전하기 위해 다가가자 엽무백이 말했다.

"됐어. 그냥 말해."

당엽은 잠시 사람들을 둘러보더니 입을 열었다.

"이곡산 쪽은 절벽이 무너져 마방들이 가는 길이 끊어졌소. 하루 정도는 능선을 타고 서진하다가 종남산 뒤쪽 기암곡(奇巖谷)으로 빠지는 길이 있기는 한데, 그렇게 되면 신궁을 백 리 정도 오른쪽에 두고 달리게 되오."

사람들은 모두가 고개를 갸웃거렸다.

진령을 넘으면 곧 황하의 지류인 위수(渭水)다. 위수를 따라 북진하면 황하가 나온다. 황하까지의 거리는 수천 리.

하지만 광활한 고원의 동쪽 경계선이기 때문에 지금까지처럼 눈앞을 막아서는 거대한 산맥도 없다.

무작정 달리기만 하면 된다.

그때부터는 속도가 관건이다.

대망곡이나 진령과 같은 이 거친 땅을 지나는 와중에도 말을 버리지 않은 게 그때를 위한 대비가 아니었었나?

반면 신궁은 여기서 한참이나 서쪽에 있다.

다시 말해, 진령을 넘는 것이 아니라 진령을 타고 서쪽으로 가야 하는 곳에 있다. 혹시 오백의 병력이 도강할 배를 구하지 못해 우회하려는 걸까?

그렇지도 않다.

아무리 우회를 한다고 한들 바다를 방불케 하는 황하를 건너려면 반드시 배가 있어야 한다. 저 북쪽 황하의 시원인 곤륜산맥까지 가지 않는 한 말이다.

"당 공자의 말이 무슨 뜻이죠?"

모두의 의문을 담아 당소정이 물었다.

"우리는 황하를 건너지 않을 것이오."

엽무백의 입에서 놀라운 말이 흘러나왔다.

"이게 무슨 말이오. 황하를 건너지 않는다니!"

칠성개가 말했다.

좌중이 태풍을 맞은 것처럼 술렁였다.

이곳저곳에 흩어져서 수뇌부의 대화를 경청하던 오백여의 사람들도 일제히 숨을 죽였다. 여태 황하를 건너 금사도로 가겠다는 일념으로 달려왔거늘 이 무슨 청천벽력 같은 소린가!

"설명을 부탁해도 되겠죠?"

당소정이 물었다.

"모두 알다시피 전날 파양호에서 철갑귀마대와 일전을 치른 후 나는 여기 있는 한백광 형으로부터 양피지 한 장을 받았소. 금사도와 관련하여 그가 아는 모든 내용이 적혀 있는 양피지였지."

사람들의 시선이 잠시 한백광을 향했다.

모두가 아는바, 한백광은 금사도를 향해 가장 멀리까지 가본 사람이었으며, 금사도를 찾아갔다가 돌아온 유일한 사람이었다.

파양호에서 두 사람이 처음 조우했다는 것 역시 비밀이 아니다. 사람들은 엽무백이 한백광으로부터 받은 정보를 근거로 금사도가 황하 너머 국경지대에 있다고 판단, 계속 북진하는 것이라고 알고 있었다.

한백광은 침잠한 표정으로 엽무백만을 응시했다.

그 역시, 엽무백의 말이 금시초문인 듯했다.

엽무백의 입이 다시 열렸다.

"양피지에는 한 형이 금사도를 향해 간 이동로와 여정 중에 만났던 사람들로부터 들은 이야기들, 그리고 한 형 자신의 해석이 덧붙여져 있었소. 맞소?"

엽무백이 한백광을 직시하며 물었다.

"그렇습니다."

"그때 일을 다시 한 번 자세히 말해줄 수 있겠소?"

"제가 금사도를 찾아간 것은 오 년 전의 일입니다. 절강에서 시작해 이곳저곳을 거쳐 가장 마지막에 만났던 비선이 바로 이곳 섬서성의 성도인 장안(長安) 지부였고, 그곳 비선의 안내를 받아 황하를 향해 달렸습니다. 그때 황하를 앞두고 우연히 마주친 마교의 고수들로부터 기습을 받았죠. 그 과정에서 비선의 인도자를 포함해 모두 죽고 저만 살아남았습니다."

한백광이 여기까지 말을 했을 때 좌중은 쥐 죽은 듯 고요했다. 사람들이 한백광으로부터 금사도에 관한 이야기를 직접 듣는 것은 오늘이 처음이었다. 이제 금사도를 목전에 둔 지금 사람들의 궁금증은 더욱 증폭될 수밖에 없었다.

"황하를 건널 거라는 건 인도자가 한 말이었소? 아니면 한 형의 주관적인 해석이었소이까?"

"마교의 고수들로부터 기습을 받기 전날 밤, 저는 비선의 인도자로부터 몇 가지 중요한 이야기를 들을 수 있었습니다. 그가 이르길, 저 곤륜으로부터 발원한 물줄기가 굽이쳐 달리다 만개한 매화나무 한 그루를 만나 북쪽으로 꺾이는 곳에 이르러 광활한 황금빛 사막이 펼쳐진다고 했습니다. 더불어 금사도로 가기 위해선 그 사막으로 들어가야 하는데 그때가 가장 위험하디고도 했습니다."

곤륜으로부터 발원한 물줄기는 당연하게도 황하를 말한다. 황하의 발원지가 바로 곤륜산이다. 또 인도자가 말했다는 황금빛 사막은 황하 너머에 펼쳐진 몽골사막을 말하는 게 틀림없었다. 금사도가 금빛 모래섬이라는 뜻이니 딱 맞아떨어진다.

다시 말해 황하를 타고 내려오다 만개한 매화나무 한 그루가 나타나는 곳에서 도강을 하여 몽골사막으로 들어가면 된다.

만개한 매화나무는 광활한 몽골사막에서 금사도의 위치를 말해주는 일종의 이정표인 것 같았다.

한데 엽무백의 생각은 조금 다른 것 같았다.

"그가 분명 황하라고 했소이까?"

"그게 무슨 말씀입니까?"

"사람들은 황하를 두고 대륙 제일의 강이라는 뜻에서 종종 대하(大河)라고 부르기도 하오. 혹, 그가 대하라고 한 것을 두고 한 형이 황하로 해석한 것이 아니냐고 묻는 거외다."

"오 년 전의 일이나 정확한 기억은 나지 않습니다. 하지만 엽 대협의 말처럼 황하와 대하가 같은 말이고 보면 그 차이가 왜 중요한 겁니까?"

"황하와 대하는 같은 말이면서도 다르오. 그리고 지금과 같은 상황에서 작은 차이는 하늘과 땅만큼이나 중요하외다. 대하는 말 그대로 황하를 격상시켜 부르는 것일 뿐, 큰 강줄기라는 본래의 뜻이 있소이다. 다시 말해, 큰 강이 꼭 황하가 아닐 수도 있다는 거외다."

"대하가 황하를 일컫는 것이 아니라면 도대체 무슨 강을 일컫는단 말입니까?"

"대저 밀마란 평범한 것에 중요한 것을 심는 법이오. 그런 측면에서 볼 때 강은 무언가를 상징하기 위해 쓰인 표현일 뿐, 물이 흐르는 실제 강을 의미하는 것이 아닐 수도 있소."

"하면 강이 상징하는 것이 무엇이란 말입니까?"

"나는 수많은 풍상에도 불구하고 굳건하게 버텨온 중원 무학의 뼈대를 말하는 것이라 보고 있소."

이 무슨 황당무계한 소린가.

언제나 냉철한 이성을 잃지 않던 엽무백의 입에서 저런 관념적이고 감상적인 말이 흘러나오자 사람들은 어안이 벙벙해졌다.

하지만 한편으로는 이상한 생각도 들었다.

엽무백의 말처럼 한백광의 얘기는 너무나 직설적이었던 것이다.

엽무백의 말이 이어졌다.

"많은 이설(異說)이 있기는 하나, 다수의 사람은 이 땅에 무공이라는 것이 처음으로 발생한 시기를 서왕모(西王母)가 곤륜산에 살던 때로 믿고 있소. 그 후 한(漢) 대 이르러 공동산(崆峒山)에 처음 초기 형태의 도관(道觀)이 세워졌고, 이후 부침을 거듭하면서 현문(玄門)은 종교로서의 기틀을 만드는 한편 세인들의 입에 도교라는 이름으로 오르내리게 되었소. 그러다 종남산(終南山)에서 수도를 했던 왕중양이 전진도(全眞道)를 설파하면서 현문은 일대 부흥기를 맞게 됩니다. 강이 넘치면 지류가 생겨나게 마련, 급기야 전진의 일곱 제자 중 한 명이 화산(華山)에 도관을 세워 천주궁파(天柱宮派)를 만들었소. 그런가 하면 무당산에서는 장씨 성을 쓰는 진인이 나타나 북두궁파(北斗宮派)를 세웠고, 다시 북두궁파에서 갈라져 온 일맥이 장강을 넘어 남하, 모산(磨山)에 부적과 술법을 중시하는 옥주궁파(玉柱宮派)를 세웠소."

중원무림의 역사에 관한 이야기가 엽무백의 입을 통해서 흘러나오자 사람들은 저도 모르게 숙연해졌다. 저게 어디 곤륜파, 공동파, 화산파, 무당파, 모산파에만 국한된 이야기일까.

당연하게도 아니다.

선후의 차이가 조금씩 있지만 모두 비슷한 과정을 거쳐 무공을 받아들였고 무림문파가 탄생했다. 더불어 지금 엽무백이 하는 말은 어린 시절 사문의 어른들로부터 한 번쯤은 다들 들어본 이야기들이었다.

실제로 있었던 역사적 사건과 민간에 떠도는 전설이 하나로 뒤섞여 까마득한 전설이 돼버린 중원무림의 시작에 관한 이야기, 이제는 기억조차 가물가물한 태고의 이야기였다.

지금 이 순간 엽무백은 왜 태곳적 이야기를 꺼내는 걸까? 그의 어투가 워낙 진지했기에 사람들은 숨소리조차 함부로 낼 수 없었다.

"그 무렵 대륙엔 장차 중원무림의 탄생을 예고하는 일대 사건이 벌어지게 되오. 천축에서 고승 하나가 대륙을 가로질러 와 숭산에 뿌리를 내린 거요."

"달마(達摩)……!"

조원원이 나직하게 신음했다.

"아미타불……!"

조사의 이름이 흘러나오자 법공이 저도 모르게 불호를 읊조렸다.

엽무백의 말이 계속 이어졌다.

"달마가 소림사를 창건하면서 중원무림의 새벽이 도래했다고 해도 과언이 아니오. 다시 말해, 소림사가 창건하던 시기가 중원무림의 여명기였다고 할까? 이후 체계화된 무공은 대륙 전역으로 퍼졌고, 수많은 무림문파와 무학의 고수들이 별처럼 명멸을 반복했소. 밝음이 있으면 어둠 또한 존재하는 법. 그 와중에 수많은 좌도방문과 사마외도 역시 함께 명멸을 거듭했지."

그리고 천 년이 흐른 지금, 그렇게 여명을 뚫고 탄생과 발전을 거듭해 온 중원무림이 궤멸의 위기에 놓여 있다. 사람들은 엽무백의 한 마디 한 마디가 자신들에게 책임을 묻는 것처럼 고통스러웠다.

"저는 아직도 이해를 못 하겠어요. 인도자가 말한 대하가 이 땅에 무공이 전해지는 과정과 역사를 상징한 것이라고 하셨는데, 그건 너무 추상적인 말이 아닌가요? 그렇게 따지자면 '대하를 넘어'라고 한다면 '중원무림의 한계를 넘어라' 뭐 이런 식으로 해석을 할 수도 있지 않을까요?"

조원원이 말했다.

소림사가 중원무림의 새벽을 열었다면 해월루는 태양이 작렬하던 한낮에 세상의 어느 한 귀퉁이에서 느닷없이 나타났다가 사라진 작은 횃불에 지나지 않는다.

그녀의 목소리엔 괜한 심술이 들어 있었다.

"소저도 그렇게 생각하시오?"

엽무백이 당소정을 보며 물었다.

엽무백이 처음 이 이야기를 시작했을 때부터 당소정은 장고에 잠겨 있었다. 이윽고 엽무백의 말이 끝났을 때 당소정은 그 누구보다 흥분한 낯빛을 띠었다. 엽무백이 그 기색을 알아차리고 물은 것이다.

"곤륜산에서 발원한 물은 공동산과 종남, 화산을 거쳐 숭산으로 흘러갔죠. 그 여정 중에 수많은 지류가 생겼다가 흩어지기를 반복했으니 무당과 모산이 바로 그 경우에 해당하고요."

"이런! 모두 진령에 있는 문파들이야!"

칠성개가 흥분한 나머지 벌떡 일어나며 외쳤다.

"진령의 지맥 또한 곤륜에서 시작되죠. 대하는 진령을 말하는 거였어요."

당소정이 말했다.

사람들은 흥분한 기색을 감추지 못했다.

황하 너머 몽골사막에 금사도가 있다면 아직도 수천 리를 가야 한다. 그 과정에서 얼마나 많은 적과 싸움을 해야 할까?

상상만 해도 몸서리가 친다.

하지만 대하가 진령이라면 얘기가 달라진다.

금사도가 코앞으로 닥친 것이다.

"앞서의 문파들이 진령에 있다고 해서 인도자가 말한 대하가 왜 진령이라고 단언할 수 있는 거죠?"

조원원이 애써 흥분을 감추며 물었다.

찬물을 끼얹고 싶은 생각은 없지만 그래도 사안이 워낙 중요하니 확실하게 알고 싶었다.

"곤륜으로부터 발원한 물줄기가 굽이쳐 달리다 만개한 매화나무 한 그루를 만나……"

당소정이 홍분을 감추지 못한 표정으로 설명을 이어나갔다. 하지만 그녀의 말은 채 끝나기도 전에 조원원에 의해 잘려 버렸다.

"화산파……!"

"매화나무 한 그루를 만나 북쪽으로 꺾이는 곳에 이르러 광활한 황금빛 사막이 펼쳐지니……."

"황토고원……!"

"대하는 진령이었고, 대하 너머에 있다는 황금빛 사막은 진령 너머의 황토고원을 말하는 거였어."

"잠깐만요. 그렇다면 그 인도자는 왜 한백광 공자에게 황하에서 배를 태울 것처럼 하면서 사기를 친 거죠?"

"한백광 공자는 대륙의 남동쪽인 절강에서 왔고, 그가 황토고원 어딘가에 있을 금사도로 가는 가장 빠른 길은 바로 진령을 타고 가다 북쪽으로 향하는 거지. 하지만 혼세신교의 힘 삼 할이 진령에 집중되어 있는 상황에서 그건 지나친 모험이었어. 해서 진령의 초입이라 할 수 있는 화산에서 북쪽으로 우회하려 한 거지."

"맙소사. 그렇다면 금사도는 진령에 있다는 거잖아요."

"정확하게 말하면 진령 너머 황토고원 속에 있는 거지."

조원원과 당소정을 필두로 수뇌부의 시선이 일제히 엽무백을 향했다.

놀랍지 않은가.

누가 보아도 황하 너머의 몽골사막을 떠올리게 만드는 한 백광의 정보에서 중원무림의 역사와 상징을 읽어내고, 그 속에 숨겨진 지표를 정확히 간파하다니. 그가 아니었으면 엉뚱하게 몽골사막에서 백골이 될 뻔했다.

그때쯤엔 모닥불 앞에 쭈그리고 앉아 건량과 육포로 끼니를 때우던 모든 사람이 하나둘씩 일어나기 시작했다. 그들은 누가 먼저랄 것도 없이 엽무백을 돌아보며 다음 명령을 기다렸다.

금사도가 지척에 있다는데 더 망설일 게 무엇이란 말인가. 엽무백이 천천히 자리에서 일어났다. 그리고 오백여 명의 사람들을 한눈에 쓸어 담으며 말했다.

"이제부터 휴식시간을 절반으로 줄인다."

"와아!"

우레와 같은 함성이 뒤를 이었다.

第八章　십만대성회

이틀 후, 엽무백은 오백의 별동대를 이끌고 골짜기와 산릉이 끊임없이 반복되는 수림을 칼로 자르듯 양단하며 달리고 있었다.

산릉에 오를 때마다 저 멀리 오른쪽으로 달빛에 반사되는 산봉 하나가 손에 닿을 듯 가까워졌다가 멀어지기를 반복했다.

종남산이다.

예로부터 이름난 도사들이 수도를 했고, 한때는 구대문파의 한곳인 종남파가 뿌리를 내렸던 곳. 세월은 정처없이 흘러무림의 정영들은 온데간데없었지만 산봉우리만큼은 여전히 신령한 기운을 뿜어내고 있었다.

사람들은 심경이 복잡했다.

숙연하면서 비통하고, 애잔하면서 쓸쓸했다.

그리고 긴장했다.

여기서 종남까지의 거리는 불과 오십여 리, 거기서 다시 진령을 넘어 오십 리 정도 더 내려가면 거대한 궁이 천년고도 장안(長安)을 굽어보며 자리하고 있다.

당금 무림을 지배하는 혼세신교의 신궁이다.

다시 말해, 엽무백과 오백의 별동대는 지금 진령을 가운데 두고 신궁을 백 리 정도 가까이 스쳐 가고 있었다.

평지였다면 빠른 말로 두 시진 정도면 닿을 거리였다. 하지만 진령이라는 거대한 자연의 장벽으로 말미암아 실제로는 반나절은 걸릴 것이다.

반나절······.

신궁과 전쟁 중임을 감안하면 결코 먼 거리가 아니다. 엽무백은 지금 그들의 눈썹 밑을 지나는 중이라고 해도 과언이 아니다.

그럼에도 불구하고 과감하게 시도할 수 있었던 것은 혼세신교가 겪고 있는 내부적인 진통 때문이었다. 그 진통이 아니었다면 아마 금사도로 들어가는 것 역시 불가능했으리라.

만박노사가 십만대성회를 열었고, 신기자가 만박노사로 하여금 십만대성회를 열 수밖에 없도록 판을 짰다고 하지만, 당소정은 어쩌면 그게 전부가 아닐지도 모른다는 생각이 들었다.

다시 말해, 신기자나 만박노사 모두가 그렇게 움직일 수밖에 없도록 상황을 만든 또 다른 누군가가 있을지도 모른다는 것이다.

묘하지 않은가?

금사도로 가기 위해선 진령을 통과해야 하는 이 시점에 하필 신교가 정치적 소용돌이에 휘말린다는 게 말이다.

돌이켜 보면 발단은 팔마궁의 방관자적 태도였다. 엽무백을 중심으로 정도무림의 생존자들이 뭉치는 와중에도 팔마궁은 수수방관만 하고 있었다.

이에 만박노사는 팔마궁을 치지 않는 한 엽무백을 칠 수 없다는 걸 깨달았고, 십만대성회로 응수했다. 그러자 신기자는 엽무백에게 전마 일천 필과 도검 오천 정, 그리고 벽력궁의 폭기를 선물했다.

여기에 의문이 있다.

신기자는 어쩜 그렇게 절묘한 시점에 그토록 자연스럽게 엽무백에게 군수품을 가져다 바칠 수 있었을까?

신기자가 그렇게 할 수 있도록 엽무백이 밥상을 차려준 것은 아닐까? 그래서 신궁과 팔마궁의 싸움에 기름을 부은 것은 아닐까?

'어쩌면 이 모든 걸 엽 공자가 주도하는 것인지도 몰라.'

당소정은 문득 그런 생각이 들었다.

지형적 장애물과 내부적인 장애물의 빈틈을 타고 엽무백은 계속해서 서쪽으로 달렸다. 평지에서 우회해도 될 것을 굳이 진령을 타고 서쪽으로 달리는 것은 적과의 접전을 최대한 피하기 위해서다.

불쑥불쑥 솟아 있는 산릉과 그 산릉을 토막토막 끊어버리는 협곡, 그리고 울창한 수림은 적의 추격을 어렵게 만드는 한편 아군의 행로를 숨겨주었다.

곳곳에 감시의 눈길이 있기는 하지만, 적의 본대가 추격을 하기 위해선 천망 유령들로부터 정보를 받아야 한다는 한 가지 과정을 더 거쳐야 한다.

하지만 그마저도 정확하지 않았다.

진령이 품은 좌우의 수림은 섬서성의 절반을 차지할 만큼 광활했고, 엽무백은 언제 어디서 어떻게 방향을 꺾을지 몰랐기 때문이다.

그래서인지 종남산을 지나고 사흘을 더 달려 진령에서 가장 높다는 태백산(太白山) 자락의 어느 산릉에 올랐을 때 사람들은 새벽을 맞았다.

그날은 십만대성회가 열리는 날이었다.

"어때?"

말에게 물을 먹이기 위해 잠시 행군을 멈췄을 때 당소정이 조원원에게 다가가 말했다.

"뭐가 말이에요?"

계곡물에 얼굴을 박고 물을 벌컥벌컥 들이켠 조원원이 소매로 입가를 닦으며 말했다. 그녀는 한나절이 넘도록 척후를 살피다가 이제 막 돌아온 터였다.

"이상한 징후는 없었어?"

"깨끗해요. 적들도 안 보이고."

"너무 조용하지 않아?"

"뭐가요?"

"마교의 타격대들 말이야. 우리가 종남산을 스쳐 간다는 걸 모르지 않았을 텐데 접전이 한 번도 없었어. 처음 진령으로 진입하려 할 때만 해도 기를 쓰고 막아서던 그들이 말이야."

"큭큭. 그건 우리가 무서워서가 아닐까요?"

"농담을 하자는 게 아냐."

"저도 농담이 아니에요, 언니."

조원원은 정색을 하고 말을 이어갔다.

"보세요. 지금 이곳에 모인 오백의 병력은 빠른 말과 질 좋은 도검으로 무장한 별동대예요. 주위는 온통 거친 산악지대고요. 이런 지형에서는 아무래도 기동성을 지닌 별동대에게 유리할 수밖에 없지 않겠어요? 물론 대병력이 출동하면 우리를 잡을 수는 있겠죠. 하지만 십만대성회의 시작되는 첫날인 지금, 적들의 입장에선 전력을 최대한 보중하는 편이 낫죠. 다시 말해, 적들은 우리를 이길 수 없어서가 아니라 병력의 손실을 줄이기 위해 접진을 피하고 있는 거라고요."

"우리가 금사도로 들어간다고 해도?"

"……?"

"병력의 손실을 줄이는 것도 중요하지만, 내 생각엔 정도 무림의 생존자들이 금사도로 들어가서 미지의 고수가 이끄는 결사대와 조우하는 것 역시 막지 않으면 안 돼."

"언니도 차암, 적들이 공격해 오지 않아서 불만이에요?"

"지금 신궁엔 십만의 병력이 모였어. 그중 일만만 차출해서 진령을 양단하며 막으셨다면 지금 우리 중 구 할은 목숨이 붙어 있지 않았을 거야."

"에이, 뭘 그 정도까지."

"일만 명의 적과 싸워본 적 있어?"

"……?"

"그건 무림문파들 간의 전투와는 차원이 달라. 아무리 죽이고 또 죽여도 끝없이 몰려오는 적들과 싸우다 보면 적과 내가 구분이 안 가는 순간이 오게 돼. 그때부턴 명분도 없고 싸움의 목적도 잊은 채 오직 살기 위해서 칼을 휘두르게 되지. 죽음의 공포와 극심한 피로로 말미암아 상관의 명령은 들리지도 않아. 전열은 흐트러지고 적진에 고립되는 사람들이 점점 늘어나지. 그러다 어느 순간 가뭄에 웅덩이가 사라지듯 흔적도 없이 사라져. 일만의 적과 싸우는 건 그런 거야. 제아무리 발군의 실력으로 똘똘 뭉친 별동대라고 하더라도 일만 명이나 되는 병력을 이길 수는 없어."

한층 진지해진 당소정의 목소리를 듣자 조원원도 디는 장난처럼 대할 수가 없었다.

"그렇게 심각한 문제라면, 엽 공자에게 말해야지 않겠어요?"

"동생이 보기엔 내가 그 사람보다 똑똑한 것 같아?"

조원원은 픔! 하고 웃음을 터뜨릴 수밖에 없었다. 엽무백은 머릿속에 천 가지 지략을 품은 사람이다. 당소정이 가진 의문을 엽무백이 모를 리가 없었다.

"언니 말처럼 엽 공자는 이미 이 상황을 인지하고 있을 거예요. 그런 그가 아무런 조치를 취하지 않았다면 별문제가 없어서 그런 것 아닐까요?"

"그는 이미 상황을 알아보기 위해 손을 썼어."

"네? 언제요?"

"동생의 위치가 바뀐 게 언제부터지?"

"이틀 전이에요."

무당산에서 오백의 정도 무림인들과 합류한 후 엽무백은 당엽과 조원원에게 전후방의 척후를 맡겼다.

적이 매복할 공산이 큰 전방은 살수 비기를 익힌 은신술의 귀재 당엽이 맡았다. 후방은 언제라도 본대에 합류할 수 있도록 하늘 아래 가장 빠른 경신공 유성허를 익힌 조원원이 맡았다.

그야말로 딱 맞는 임무라 하지 않을 수 없다.

한데 이틀 전 엽무백은 돌연 두 사람의 위치를 바꿔 버렸다. 엽무백의 명령에 따라 줄곧 후방 추격대의 움직임을 살피며 따라오던 조원원이 전방을 맡았고, 당엽이 조원원의 뒤를 이어 후방을 감시했다.

"이틀 전이면 종남산을 앞두고 기암곡을 통과할 무렵이었어."

"정확하게 말하면 기암곡을 무사히 통과한 직후였죠."

"뭔가 있는 것 같지?"

"후방에 무슨 변화가 있다는 뜻이군요."

"내 짐작이 틀리지 않는다면 우리가 적들과 한 번도 조우하지 않은 것과 관련이 있어. 적어도 엽 공자는 그렇게 생각하고 있어."

"그게 뭐죠?"

"현 상황에서 후방 쪽에 변화가 있다면 둘 중 하나일 수밖에 없다는 생각이 들어. 첫 번째, 추격대의 인원이 대폭으로 증강되는 거. 두 번째, 적들이 추격을 포기하는 거."

"첫 번째는 아닌 것 같아요. 길목을 막아서는 쉬운 방법을 두고 후방의 병력을 증강시킬 이유가 없지 않겠어요?"

"내 생각도 같아. 그렇다면 남은 것은 적들이 돌연 병력을 철수했다는 건데……."

"그렇다면 오히려 쉽죠. 알다시피 우리를 추격하던 자들은 신궁의 병력이에요. 십만대성회를 앞두고 팔마궁을 견제하기 위해 귀환 명령을 내린 거라면 간단하지 않겠어요?"

"너무 간단해서 문제지."

"네?"

"동생이 그런 것처럼 누구라도 그렇게 생각했을 거야. 너무나 당연해서 다른 생각이 끼어들 수 없을 만큼. 한데 엽 공자는 그렇게 생각하지 않는 것 같아. 그래서 당엽으로 하여금 보다 자세히 적진을 살피게 한 거고."

그때 후방을 살피러 갔던 당엽이 돌아왔다.

그는 여느 때와 다름없이 유령처럼 나타나더니 엽무백에게 다가가 몇 가지 말을 전했다. 엽무백의 고개가 몇 차례 끄덕여졌고, 말을 모두 끝낸 당엽이 한 걸음 물러났다.

사람들의 시선이 모두 엽무백을 향했다.

하지만 엽무백은 일상적인 척후 활동에 불과했다는 듯 태연한 신색으로 돌아서더니 진자강에게 찻물을 넉넉히 끓이라고 했다.

그러고는 산릉 쪽으로 가서 뒷짐을 지더니 발아래 펼쳐진 산자락을 구경했다. 산자락은 온통 짙은 안개로 덮여 있었다. 높은 산에서 흔히 볼 수 있는 운해(雲海)였다.

말에게 물만 먹이고 떠날 거라고 하더니, 생각을 바꾼 모양이다.

진자강이 재빨리 마른 나뭇가지들을 모아 엽무백의 근처에 모닥불을 피우고 찻물을 끓이기 시작했다.

언제 어디서 적이 기습해 올지 모르는 상황에서는 잠시라도 짬이 날 때 그동안 미뤄두었던 모든 걸 해결해야 한다.

허기진 배도 채우고, 말발굽도 점검해야 한다.

사람들은 쉬는 시간의 정도를 어떻게 파악할까?

엽무백의 일거수일투족에 답이 있다.

그가 말에서 내리지 않으면 사람들도 내리지 않았다. 그가 말에서 내려 육포를 꺼내 먹으면 최소한 일각은 쉰다는 얘기다. 그러면 사람들은 뭐든 속을 채울 수 있는 걸로 끼니를 때웠다.

엽무백이 모닥불을 피우라고 하면 최소 일다경은 쉰다는

뜻이다. 밀파 사람 모두가 끼니를 때우고도 잠깐이나 쪽잠을
잘 수 있는 시간이었다.

하지만 자는 사람은 없었다.

끼니를 때우지도 않았다.

먹을 것은 진작에 떨어졌고, 잠은 오지 않았다.

엽무백의 전신에서 흘러나오는 분위기가 너무나 심각해서
감히 잘 엄두가 나지 않았다. 마치 금방이라도 무슨 일이 벌
어질 것 같았다. 사람들은 무장을 점검하고 도검의 날을 세우
기 시작했다.

일반 무사들이 무장을 점검하는 사이 수뇌부는 누가 뭐라
고 하지 않았는데도 불구하고 진자강이 피운 모닥불 주변으
로 모여들었다.

엽무백이 진자강에게 찻물을 넉넉히 끓이라고 할 때부터
수뇌부는 그가 차를 나눠 마시자는 말을 했다는 걸 알고 있었
다.

진자강이 대나무를 잘라 만든 간이 찻잔을 사람들에게 하
나씩 나눠 주었다. 나이에 따라 허관길, 한백광, 청성오검, 법
공, 칠성개, 당소정, 조원원의 순서로 잔이 주어졌다.

이들이 바로 무공과 출신을 고려해 한백광이 정한 오백 별
동대의 수뇌들이었다.

무당, 소림, 청성, 당문, 개방의 후예들이니 정도무림의 생

존자들을 이끄는 주장이라고 해도 손색이 없다. 단지 조원원의 무공과 출신이 앞선 사람들과 어깨를 나란히 하기 어려운 측면이 있었다.

하지만 그녀는 가장 먼저 엽무백을 만났고, 가장 가까운 곳에서 고생을 함께한 공로가 커 누구도 문제 삼는 사람이 없었다.

출신으로 따지자면 대호문(大呼門)의 제자인 허관길이 가장 초라했지만, 그는 경험 많은 노강호인데다 묘하게도 사람을 끄는 면이 있어 신망이 높았다.

찻물이 부글부글 끓자 진자강이 주담자를 들고는 역시 나이 순서대로 찻잔에 찻물을 따라주었다. 조원원을 마지막으로 찻잔이 가득 찼을 때 엽무백이 말했다.

"당엽에게도 잔을 주어라."

사람들의 시선이 저만치 나무 아래에 등을 기대어 앉은 당엽을 향했다. 팔짱을 낀 채 눈을 감고 있던 당엽이 슬쩍 눈을 떴다.

당엽은 엽무백의 부름이 어색했다.

모닥불 주변에 모인 사람들은 엽무백을 제외하면 모두 정도무림의 정영들이다. 엽무백이야 사람들이 뭉칠 수 있도록 구심점 역할을 한 사람이니 당연히 출신과 내력에 구애받지 않는 특별한 존재다.

반년, 자신은 백골총 출신의 살수다.

당엽은 자신이 저 자리에 어울리지 않는다고 생각했다. 그런 그의 생각을 읽었음인지 엽무백이 말했다.

"넌 여기 앉을 자격이 있어."

"……!"

"아무렴, 초공산의 목을 노린 인물이 이 자리에 낄 자격이 없다면 우리 중 누가 자격이 있겠나. 어서 오게."

허관길이 말했다.

그는 한때 당엽이 초공산을 죽이기 위해 신궁에 잠입했다가 엽무백과 일전을 겨뤘다는 얘기를 법공으로부터 듣고 크게 감복하고 있었다.

"뿐만 아니라 지금은 우리의 눈과 귀가 되어주고 있지요."

한백광이 말했다.

"오는 건 좋은데, 찻물을 따르는 순서는 확실히 정하자고. 저 친구는 내 아래외다."

법공이 말했다.

밑도 끝도 없는 말로 훈수를 두지만 실은 당엽을 수뇌부로 인정하겠다는 법공식의 언어임을 모르는 사람은 없었다.

나머지 사람들은 법공의 말에 가볍게 웃는 것으로 동의를 표했다. 그럼에도 불구하고 당엽은 꿈쩍도 하질 않았다.

보다 못한 조원원이 말했다.

"그가 뭔가 할 말이 있어서 그런 것 같은데, 일 복잡하게 만들지 말고 어서 자리를 잡지 그래요?"

조원원의 어투는 어쩐지 톡 쏘는 느낌이 있었다. 좋게 말해도 될 것을 그녀가 굳이 이렇게 가시를 세우는 것은 답답해서다.

당소정과의 대화를 통해 무언가 일이 일어나고 있음을 직감한 조원원은 그게 무엇인지 궁금해서 견딜 수가 없었다. 그런 터에 별로 중요하지도 않은 일로 시간을 끌고 있으니 답답할 수밖에.

한데 조원원의 한마디에 당엽이 움직였다.

그는 못 이기는 척 몇 걸음을 걸어와서는 어디에 앉아야 할지 몰라 잠시 서성였다. 모두가 엽무백의 말을 조금이라도 자세히 들을 요량으로 모닥불에 바짝 다가앉았던 탓이다.

또 시간이 지체되자 성질 급한 조원원이 자신의 왼쪽에 앉아 있던 법공의 궁둥이를 억지로 밀어내고 자리를 만들었다. 그러고는 손바닥으로 바닥을 탁탁 치면서 말했다.

"여기 앉아요."

당엽이 엉거주춤 자리를 잡고 앉았다.

아주 잠깐 그의 얼굴이 발개졌지만 눈치챈 사람은 없었다. 진자강이 재빨리 당엽에게 찻잔을 건네고 찻물도 따라주었다.

"너도 앉아라."

엽무백이 말했다.

진자강은 잠시 주위를 두리번거리고는 손가락으로 자신을 가리키며 되물었다.

"저요?"

"패도의 혈육이며 광동진가의 소가주이니 너도 충분히 자격이 있다."

"광동진가의… 소가주요?"

진자강은 감개무량한 표정이 되었다.

"감동은 나중에 하고 일단 좀 앉아."

조원원이 진자강을 당엽과 법공의 중간에 강제로 쑤셔 넣고는 직접 찻잔을 건네주고 찻물도 따라주었다. 그러고는 엽무백을 향해 말했다.

"이제 됐죠? 더는 불러올 사람 없죠?"

엽무백은 피식 웃고는 찻잔을 기울였다.

사람들이 그를 따라 차를 마시기 시작했다.

진령의 새벽 추위는 무섭다.

밤새 추위에 시달리다 따뜻한 물이 뱃속으로 흘러들어 가니 온기가 온몸으로 퍼졌다.

"술이면 더 좋았을 것을."

법공이 흰소리를 했다.

"육포와 건량이 떨어진 지도 이틀이 지났어요. 이대로는 하루도 못 버틸 거예요."

당소정이 말했다.

"급하면 말을 잡아 허기를 채울 수도 있소."

엽무백이 말했다.

"말을 잡아서 모두가 허기를 채울 정도로 구워 먹으려면 족히 한 시진은 걸릴 거예요. 적이 언제 어디서 기습을 해올지 모르는 상황에서 한 시진 동안 행군을 멈추는 건 너무 위험해요."

"굶어 죽는 것 보단 낫지."

"제 말은 그게 아니잖아요."

당소정은 말을 하면서 엽무백의 표정을 살폈다. 아직도 적이 호시탐탐 자신들을 노린다는 가정하에 말을 했으니, 그게 사실이 아니라면 엽무백이 어떤 식으로든 반응을 보일 거라는 생각에서였다.

"언니, 그러지 말고 그냥 물어봐요."

조원원이 말했다.

이어 엽무백을 향해 단도직입적으로 물었다.

"도대체 무슨 일이 일어나고 있는 거죠?"

"뭐가?"

"진령으로 들어오기 전에는 찰거머리처럼 달라붙던 적들

이 진령으로 들어오고 나서는 한 명도 보이지 않는 것도 그렇고, 갑자기 저와 이 사람 당 공자의 위치를 바꾼 것도 그렇고. 무슨 일이 일어나고 있는 거죠?"

조원원이 당엽을 슬쩍 보며 말했다.

대부분 쉽게 흘러버릴 수 있는 일을 정확히 지적했음에도 불구하고 놀라는 사람은 없었다. 한백광, 칠성개, 청성오검, 허관길까지 진지한 표정으로 엽무백의 입만 살필 뿐이었다.

그들 역시 무언가 이상하다는 생각을 한 것이다.

물론 그렇지 않은 사람도 있기는 했다.

"그러고 보니 그러네."

법공이었다.

그가 엽무백을 보며 다시 물었다.

"뭐야? 어떻게 된 거야?"

"이틀 전부터 추격대가 보이지 않아."

"역시!"

조원원이 무릎을 탁 쳤다.

"십만대성회 때문이라고 생각하십니까?"

한백광이 물었다.

앞서 조원원과 당소정도 대화를 나누며 그것을 잠깐 언급했었다. 두 사람은 긴장된 기색으로 엽무백을 응시했다.

"아마도."

"우리가 금사도를 찾는 것 따윈 아랑곳하지 않는군요. 전투가 일어나지 않아서 다행이긴 한데, 이거 왠지 무시당한 기분인데요."

한백광의 말에 여기저기서 피식피식 웃었다.

"그것보다 내가 여러분을 모이라고 한 것은 한 가지 묻고 싶은 게 있어서외다."

엽무백이 화제를 돌렸다.

당소정은 엽무백이 무언가를 숨기고 있다는 느낌을 지울 수가 없었다. 언제나 그랬듯 그가 저렇게 나오는 데는 이유가 있을 것이다. 당소정은 더는 캐지 않고 그의 다음 말이 이어지길 기다렸다.

사람들도 숨을 죽였다.

일부러 자신들을 모이게 할 만큼 중요한 이야기가 무엇일까? 엽무백은 사람들의 시선이 하나로 모이도록 잠시 사이를 둔 다음 말을 이었다.

"만약 금사도가 존재하지 않는다면 여러분은 어떻게 하겠소?"

"이게 무슨 소리야? 금사도가 없어?"

법공이 깜짝 놀라 물었다.

"난 금사도가 반드시 존재한다고 말한 적 없다.".

"그럼 지금 우리는 어디로 가고 있는 거야?"

"금사도."

"장난하냐?"

"두 가지 경우가 있다. 첫째, 무수한 소문과 밀마에도 불구하고 금사도가 존재하지 않을 수도 있다. 두 번째, 금사도는 존재하되 미지의 고수와 그가 이끈다는 결사대가 존재하지 않을 수도 있다. 그때의 금사도는 우리가 찾는 금사도가 아니지. 그래서 금사도는 존재하되 존재하지 않을 수도 있다."

사람들은 침묵에 빠져들었다.

다른 사람들도 바보가 아니다.

금사도를 찾겠다는 일념으로 여기까지 달려오기는 했지만, 그건 어디까지나 오랜 세월 강호에 떠돈 전설일 뿐이다. 누구도 금사도를 실제로 본 사람이 없다.

한백광이 준 정보를 근거로 엽무백이 탁월한 해석을 내놓는 바람에 금사도가 더욱 실제처럼 느껴지기는 했지만, 그거야 오랜 세월 사람들의 입을 통해 회자되다 보니 그럴듯하게 구색이 맞춰진 것일 수도 있다.

"그래서 있다는 거야, 없다는 거야?"

법공이 말했다.

"멍청한 놈."

"멍청한 건 너야!"

법공이 벌떡 일어나더니 저만치 부랑자들처럼 흩어져 있

는 사람들을 가리키며 말했다.

"저 사람들을 좀 봐. 네놈이 나타나기 전만 해도 멀쩡하게
살던 사람들이야. 그런 사람들이 너의 강호행에 감동한 나머
지 함께 금사도로 들어가겠다는 일념으로 기어나왔다. 그리
고 목숨을 걸고 여기까지 따라왔다. 그 숫자가 무려 오백이
야. 정도무림의 정영들이 만년설삼보다 더 귀해진 지금, 오백
이라는 숫자가 무얼 의미하는지 알아?"

흥분한 탓일까?

법공은 속말을 폭포수처럼 쏟아냈다.

부지불식간에 튀어나온 말이었지만 실은 반드시 생각을
해두어야 할 중요한 일이다.

사람들은 모두가 얼굴을 굳혔다.

엽무백이 하려던 말이 바로 저거였다.

아니나 다를까, 엽무백이 사람들의 얼어붙은 표정을 하나
하나 눈에 담으며 말했다.

"법공이 말했다시피 미지의 고수와 그가 이끄는 결사대가
존재하지 않을 경우, 사람들은 큰 충격과 혼란에 빠질 거요.
여러분은 그들을 이끄는 수장들이니 그에 대한 대비책을 세
워두어야 할 것이오."

엽무백은 만약의 경우를 얘기했고, 그렇다면 그 가능성이
아주 희박하더라도 수뇌부는 대책을 세워놓아야 한다. 좌중

이 찬물을 끼얹은 듯 고요한 가운데 당소정이 나직하게 입을
열었다.

"갑자기 이런 얘기를 하는 이유가 뭐죠?"

"오늘 우리는 금사도를 밟게 될 거요."

"그게 무슨……!"

사람들은 너나할 것 없이 가슴이 철렁 내려앉았다. 아직 진
령을 벗어나지도 않았는데 오늘 중으로 금사도를 밟게 될 거
라니.

그때였다.

저 멀리 동쪽 지평선 너머로부터 동이 터오르기 시작했다.
서광은 발아래 가득한 운해를 가까운 곳에서부터 황금색으로
비추었다. 햇살이 번지면서 황금색 빛의 향연은 무서운 속도
로 번져갔다. 그 광경이 마치 한껏 달궈진 거대한 숯 아궁이
를 보는 것 같았다.

때아닌 장엄한 광경에 사람들이 넋을 잃고 바라보았다. 아
래쪽에서 무장을 손질하던 사람들도 하나둘씩 산릉으로 올라
황금색으로 달아오른 운해를 구경했다.

이상한 일이었다.

저녁노을도 아닐진대 어찌하여 운해가 황금빛으로 물드는
걸까?

황사 때문이다.

밤사이 황토고원으로부터 솟구친 황사가 운해와 함께 뒤섞여 있다가 떠오르는 해를 받아 황금색으로 빛나는 것이다.

그러다 어느 순간, 정면으로 바라보이는 운해 너머로 이름 모를 산봉 하나가 모습을 드러냈다. 황금색 운해 가운데서 불쑥 솟아오른 산봉은 마치 황금빛 바다 위에 떠 있는 섬을 보는 것 같았다. 그 순간, 진자강의 입에서 나직한 신음이 목구멍을 비집고 흘러나왔다.

"금사도……!"

* * *

십만이라는 숫자는 어느 정도일까?

한 장소에 십만 명의 사람이 모이는 경우는 얼마나 될까? 황제의 대관식이 열려도 십만의 인파가 모이지는 않을 것이다. 하물며 무장을 갖춘 십만의 무인이 한 장소에 모이는 경우는 극히 드물었다. 장안의 남쪽 진령 자락에 바로 그 일이 일어나고 있었다.

동녘 하늘에 서광이 비치기 시작한 새벽, 벌판을 연상케 하는 신궁의 광장에는 무장을 갖춘 십만의 교도들이 집결했다.

머지않아 칠 주야에 걸친 십만대성회의 시작을 알리는 의식이 거행될 예정이었다. 이 새벽에 의식이 시작되는 이유는 양일(陽日) 양시(陽時)에 뜨는 해, 곧 성스러운 불을 기다리기 때문이다.

혼세신교는 마신을 섬기는 여타의 마교와 달리 천산에서 채화한 불을 섬겼다. 수백 년 전 위대한 대종사가 직접 채화한 이후 단 한 번도 꺼진 적이 없다는 그 성화(聖火)는 지금 광장의 동쪽 집채만 한 화로에서 이글이글 불타오르고 있었다.

땅의 불인 성화와 하늘의 불인 태양이 만나 천지간의 합일을 이루는 순간, 십만대성회는 시작된다.

십만 군웅은 광장의 동쪽 기단(基壇)을 우러렀다. 대리석을 일 장 높이로 쌓아 올린 기단의 중앙엔 황동 이천 근을 녹여 만든 거대한 태사의가 주인을 기다리고 있었다.

태사의 왼쪽에는 보옥으로 치장한 비단옷을 입은 팔 인의 남녀가 앉아 있었다. 한때는 천제악과 권좌를 놓고 다투던 용과 범이었으나 천제악이 교주로 등극하고 난 후 한직으로 물러난 팔성군이 그들이었다.

태사의 오른쪽에는 일성의 패주와도 같은 위엄을 뿜어내는 팔 인의 노강호가 자리하고 있었다. 은발의 머리카락과 수염을 나부끼는 그들은 전대 교주인 초공산을 도와 구주팔황과 사해오호를 정복한 강철의 무인들, 즉 팔마궁의 궁주들이었다.

이들 팔 인이야말로 교주인 천제악을 위협하는 가장 강력한 세력인 동시에, 혼세신교를 떠받치는 여덟 개의 기둥이었다.

다시 그들의 뒤에는 중무장을 한 오백의 고수가 의자도 없이 선 채로 도열해 있었다. 일망(一網), 사루(四樓), 칠당(七堂), 오원(吾園), 육대(六隊)로 대표되는 혼세신교의 수좌들과 그들이 거느린 휘하의 부장들이었다.

달리 마군(魔君)이라고 불리는 이들은 초공산이 팔마궁을 견제하기 위해 심혈을 기울여 키운 고수들인 동시에 신궁의 근간을 이루는 뼈대들이었다.

상황이 묘했다.

아직 주인이 등장하지는 않았지만 팔성군과 팔마궁의 궁주들이 태사의를 좌우에서 둘러싸고 있고, 다시 중무장한 오백의 마군들이 그들 십육 인을 뒤에서 노려보고 있는 형국이었다.

시국의 흐름을 조금이라도 읽을 줄 아는 사람이라면 지금의 저 배치가 고도로 계산된 것임을 모르지 않을 것이다.

오백의 마군들은 마음만 먹는다면 팔성군과 팔마궁의 궁주들을 등 뒤에서 찌를 수 있다. 팔성군과 팔마궁의 궁주들이 제아무리 무신의 반열에 오른 무적의 고수들이라고는 하나 십만 명의 교도에서 고르고 고른 오백의 절정고수를 모두 당할 수는 없었다.

게다가 전면의 광장에는 십만 명의 교도들이 지켜보고 있다. 그들 태반은 천제악에게 호의적인 사람들이었다.

저렇게 오묘한 배치를 할 수 있는 사람은 만박노사밖에 없었다. 그는 아직 주인을 맞지 않은 태사의 옆에 서서 십만 군웅을 굽어보고 있었다.

"왜 이렇게 뜸을 들이는 거죠?"

이성녀 신화옥이 냉랭한 시선으로 좌중을 응시하며 말했다. 항시 그림자처럼 달고 다니던 곤륜사괴도 오늘만큼은 보이지 않았다. 엄중히 말해 곤륜사괴는 비마궁의 빈객들, 하지만 지금 그녀가 앉은 이 기단은 오직 신교의 마군들만 오를 수 있는 성스러운 자리였다.

"때가 무르익길 기다리고 있는 거다."

신화옥의 곁에 앉은 사내가 말했다.

다부진 체격에 차가운 기도를 풍기는 그는 비마궁주 이정갑의 일점혈육이자 초공산의 살아남은 여덟 제자 중 가장 맏이인 일성군 이도정이었다.

용의 핏줄로 태어난 그는 어렸을 때부터 백 년에 한 번 나올까 말까 한 기재라는 소리를 들었다. 이후, 성년이 되고 숱한 전쟁에도 참여했지만 어찌 된 영문인지 그의 진면목이 드러난 적은 거의 없었다.

그로부터 본신의 실력을 끌어낼 만한 적수가 없었다고 볼 수도 있다. 그럼에도 불구하고 그의 무공은 이미 팔마궁의 궁주들과 어깨를 나란히 할 정도로 고강하다는 게 세인들의 평가였다.

심계 또한 어지간한 지자들은 성에 차지 않을 만큼 깊어 서른 초반의 나이에 벌써부터 비마궁을 반석 위에 올려놓은 재목이라는 소리를 들었다.

게다가 그는 절세의 미남이었다.

얼음을 깎아 만든 것처럼 차가우면서도 잘생긴 그의 용모는 신교의 여인들에게 그야말로 선망의 대상이었다.

그를 남몰래 사모하다가 스스로 목숨을 끊은 여인이 부지기수요, 그의 눈길을 한 번이라도 받기 위해 오매불망 훔쳐보는 여인 또한 부지기수였다.

하지만 그는 이미 신화옥의 남자였다.

이도정과 신화옥은 서로의 감정과는 상관없이 오래전에 태중혼약을 한 사이였다. 나이가 들고 태중혼약의 의미를 알게 되었을 때도 두 사람은 크게 놀라거나 당황하지 않았다.

그들에게 결혼이란 집안과 집안의 결합이었고, 감정 따윈 중요하지 않았다. 세인들은 정략결혼이라는 말로 폄하하지만, 그게 두 사람에겐 남녀의 감정보다 훨씬 중요하고 가치있는 일이었다. 두 사람은 그렇게 배우고 자랐다.

"또 그 해 타령인가요?"

신화옥이 냉랭한 음성으로 말했다.

이도정이 아닌, 천제악을 향한 비웃음이었다.

"너는 정말로 그들이 양일 양시의 해를 기다린다고 생각하느냐?"

"아니라는 말인가요?"

"셋째도 그렇게 생각하느냐?"

이도정은 신화옥 다음에 앉은 사내에게 물었다.

수려한 용모에 보옥으로 요란하게 치장한 황금빛 비단옷을 입은 그는 비마궁, 벽력궁에 이어 제삼궁의 서열을 차지한 초마궁의 소궁주이자 삼성군인 북진무였다.

이도정 못지않게 건장한 체격에 차가운 기도, 그리고 수려한 용모를 지녔지만 그에게는 한 가지 다른 것이 있었다.

그건 관자놀이를 향해 가늘게 뻗은 눈초리다.

덕분에 잘생긴 얼굴에도 불구하고 이도정과 달리 다소 음험한 인상을 주었다. 음험하다는 건 머릿속에 품은 생각이 많다는 뜻이고, 대개 그런 자들은 위험했다.

"대저 전설이란 신령스러움을 표현하기 위한 수단에 지나지 않는 법이죠."

"무슨 말이지?"

신화옥이 물었다.

"두고 보면 아시게 될 겁니다."

그때 십만 군웅의 시선이 광장의 동쪽 거대한 화로 곁에 마련된 단으로 향했다. 칠 척 장신의 고수(鼓手)가 근육으로 똘똘 뭉친 상체를 드러낸 채 대고를 두들기기 시작했다.

두둥!

흡사 천둥이 치는 듯한 소리와 함께 대기가 진동했다. 지금 고수가 두들기는 대고는 창룡고(蒼龍鼓)라 불리는 물건이다. 특별한 무공을 익힌 고수가 저 북을 울리면 흡사 창룡후와도 같은 소리가 난다고 해서 붙은 이름이다.

둥. 둥. 둥!

북은 일정한 속도로 계속해서 울렸다.

황소 열 마리의 가죽을 벗겨 만들었다는 거대한 북이 울릴 때마다 묵직한 음파가 광장에 소용돌이쳤다.

북소리는 사람들의 심장과 공명했다.

북소리가 빨라지면서 사람들의 심장박동도 덩달아 빨라졌다. 북소리가 느려지면 사람들의 심장박동 또한 느려졌다. 북소리는 사람들의 심장을 쥐었다 놓아주기를 반복하다가 점점 감정적, 종교적 흥분상태로 끌어 올렸다.

그러던 어느 순간, 동쪽 하늘에서 해가 떠오르기 시작했다. 성스러운 서광이 십만 군중의 머리 위로 축복처럼 쏟아졌다.

그때 해를 등지고 한 사람이 나타났다.

좌중이 찬물을 끼얹은 듯 고요해졌다.

기단의 뒤쪽에 앉아 있던 팔성군과 팔마궁의 궁주들이 일제히 자리에서 일어나 중앙을 향해 돌아서며 허리를 숙였다.

오백의 마군도 일제히 허리를 숙였다.

그들이 만든 길을 따라 그가 걸어왔다.

눈이 번쩍 뜨일 만큼 아름다운 신녀(神女) 일백의 호위를 받으며 나타난 그의 황금빛 장포가 아침 햇살을 받아 눈부시게 빛났다. 살아 있는 신으로 추앙받는 혼세신교의 제팔대 교주 천제악이었다.

천제악이 기단으로 들어서자 햇빛을 등지고 선 그의 그림자가 거대하게 늘어났다. 그림자는 순식간에 광장을 뒤덮었다. 순간, 광장에 운집한 십만 교도는 거인을 보았다.

"천세 천세 천천세!"

천지가 진동하는 함성과 함께 십만 교도가 일제히 땅에 엎드려 머리를 조아렸다. 기단 위에 있던 팔성군과 팔마궁의 궁주들, 그리고 그들의 뒤쪽에 시립해 있던 오백의 마군도 예외는 아니었다.

"충성스런 신교의 아들과 딸들은 들으라!"

나직한 음성이 광장에 울려 퍼졌다.

동시에 떵떵 울려대던 북소리와 함께 십만 교도의 웅성거림이 한순간에 사라졌다. 점점 잦아드는 것이 아니라 어떤 기파에 의해 형체도 없이 소멸해 버린 것이다. 그 광경이 흡사 전설의 새 금시조(金翅鳥)가 나타나 용을 잡아 먹어버린 듯했다.

"본좌의 사부이자 구주팔황과 사해오호를 평정한 태상교주께서 서거하신 이후 신교는 안타깝게도 부침을 거듭해 왔다. 신교의 교좌(敎座)는 하늘에서 내리는 법. 미련하게도 그것을 알지 못한 많은 형제들이 피를 흘리며 죽어갔다. 한때나마 하늘의 뜻을 거슬렀다고는 하나 그들 역시 엄연한 신교의 형제들이다. 이에 본좌는 그들이 영면(永眠)에 들 수 있도록 죄를 사하고 찢어진 신교의 힘을 하나로 모을 것을 엄중히 명하노니, 추후 하늘의 뜻을 또다시 거역하는 자가 있다면 삼족을 멸할 것임을 천명하노라."

"와아……!"

우레와 같은 함성이 천지를 뒤흔들었다.

천제악이 한 손을 들어 십만 교도의 함성을 제지했다. 우렁우렁한 사자후가 다시 이어졌다.

"이제 그 뜻을 더욱 공고히 하기 위해 십만대성회의 시작을 알리노라!"

뚜둥! 뚜두두두둥!

창룡고의 북소리가 다시 울리며 십만 군웅의 심장을 다시 격동시키기 시작했다.

"칠 사형의 내공이 예사롭지 않군요."

신화옥이 말했다.

천제악이 앉은 태사의를 지척에 두고 있었으나 그녀의 음성은 여느 때와 다름없이 자연스럽게 입술을 비집고 나왔다.

하지만 그 음성을 들을 수 있는 사람은 몇 사람에 불과했다. 특정한 사람에게만 전해지도록 특수한 수법을 썼기 때문이다.

구밀복음(口謐腹音).

혼세신교, 그중에서도 여덟 곳의 마궁에서만 은밀히 전해져 오는 비학이다. 이는 팔마궁이 오래전부터 다른 길을 걷기 시작했음을 보여주는 증거였다.

"후후. 밤낮으로 만장각에 칩거를 하더니 결국 일을 내고 말았군."

북진무가 말했다.

"일을 내다니?"

신화옥이 물었다.

"사저께서도 아시다시피 삼 년 전까지만 해도 창룡고의 북소리를 잠재울 수 있는 사람은 하늘 아래 단 한 명밖에 없었습니다. 바로 사부님이시죠."

"그 말은……?"

"칠 사형의 무공이 서거하신 사부님의 젊은 날에 근접했다는 뜻입니다. 적어도 내공에 관한 한 말이지요."

"그게… 가능한 일이야?"

"그가 한 가지 무공을 복원했다면 가능하지. 초단공에 접어드는 것만으로도 무적을 말한다는 무학. 혼원요상신공과 함께 혼세신교를 오늘의 반석 위에 올려놓은 북천류 최강의 비학."

이도정이 말했다.

"혼원귀일신공(混元歸一神功)……!"

신화옥이 목소리를 쥐어짰다.

혼원요상신공과 혼원귀일신공은 하나의 가지에서 뻗어 나온 두 개의 가지였다. 혼원요상신공이 밝음이라면 혼원귀일신공은 어둠이었다. 그 마성이 너무나 짙어 전대 교주들조차 함부로 익히지 못했다는 금단의 마공.

그랬다.

혼원귀일신공은 이미 오래전에 단맥되고 사장되었다. 한데 그걸 어떻게 복원해 냈단 말인가.

"일이 재밌게 되어가는군요."

북진무는 조용히 미소를 지었다.

신화옥의 시선은 자연스럽게 팔마궁의 궁주들을 향했다.

자신들이 본 것을 어른들이 보지 못했을 리 없다. 신교가 발칵 뒤집힐 만한 일대사건에도 불구하고 팔마궁주들의 신색은 여전히 태연했다.

마치 이미 예견하고 있었다는 듯.

광장의 중앙에 있던 커다란 단의 차양이 걷혔다.

방원 십여 장의 비무대가 나타나면서 사람들이 환호성을 질렀다. 본격적인 비무대회가 시작되려는 것이다.

그때 시비 차림의 여인 하나가 다가와 팔성군의 앞을 지나갔다. 그녀는 비어 있는 잔마다 술을 채웠다. 그러다 이도정의 앞에 이르렀다.

시비는 다른 사람들에게 했던 것과 마찬가지로 조용히 술을 따르고 지나갔을 뿐이었다. 하지만 신화옥은 잔이 채워지는 동안 시비의 입술이 미세하게 달싹거리는 것을 놓치지 않았다.

시비가 사라지고 난 후 이도정이 말했다.

"여기서 육반산까지 얼마나 걸릴까?"

"어떤 방법으로 가느냐에 따라 다르지요."

대답은 북진무가 했다.

그는 뭔가 짐작하는 거라도 있는 듯 태연했다.

"반 시진마다 한혈보마(汗血宝馬)를 갈아탄다면?"

"진령을 타면 하루, 황토고원을 가로지르면 한나절 안에

도착할 수 있을 겁니다."

"그렇군."

이도정은 앞에 놓인 술잔을 단숨에 비웠다.

그러고는 천천히 자리에서 일어났다.

"오늘은 왠지 긴 하루가 될 것 같군."

第九章

금사도를 밟다

　엽무백은 오백의 별동대를 이끌고 황토고원을 전속력으로 가로질렀다. 전속력이라고 해도 워낙 많은 인원인데다 말들이 극도로 지친 탓에 속도는 그리 빠르지 않았다.

　반나절을 달린 끝에 도착한 곳은 수많은 자락을 거느린 장엄한 산이었다.

　"금사도가 육반산(六盤山)이었을 줄이야."

　조원원이 산정을 올려다보며 말했다.

　황토고원의 서북쪽 초입에 자리한 육반산은 고대로부터 이어져 온 비단길의 경유지이자 북방 유목민족과 대륙의 한

족이 만나던 접경지대였다.

서늘한 기온 때문인지 육반산의 나무는 대부분 바늘처럼 뾰족한 침엽수다. 침엽수는 한겨울에도 잎을 떨어뜨리지 않기에 숲이 울창하다. 그럼에도 불구하고 침엽수림으로 들어가게 되면 땅 쪽은 의외로 넓고 공간이 많다는 걸 알게 된다.

침엽수들이 종의 보존을 위해 특유의 독성물질을 발산하는 바람에 키 작은 관목이 자라지 못하는 탓이다. 때문에 침엽수림은 은신을 하기에도 좋고, 말을 달리기에도 좋다.

과거 몽골의 왕 칭기즈칸은 서하(西夏)를 정발할 당시 이곳에 머무르며 이십만이나 되는 군대를 정비한 적도 있었다.

이십만이나 되는 병력도 감쪽같이 감춰 버리는 육반산이니 미지의 고수가 이끈다는 정도무림의 결사대가 본거지를 숨기는 정도는 식은 죽 먹기일 것이다.

그건 지금 엽무백과 그가 이끄는 오백의 별동대에게도 해당되는 말이었다. 엽무백은 울창한 수림 속으로 거침없이 빨려 들어갔다.

육반산은 남북으로 산맥이 뻗을 만큼 광활하다.

그 광활한 수림지대를 하루 이틀 사이에 모두 돌아보는 건 불가능하다. 금사도가 육반산에 있다면, 당연하게도 육반산 전체를 말하는 것이 아니어야 한다.

금사도의 전설을 만들어낸 사람들은 그 점을 분명히 알고 있었을 것이고, 무언가 안배를 해놓았을 것이다.

엽무백은 오늘 새벽 진령의 산릉에서 이미 그 안배를 보았다. 금사도는 동이 틀 무렵 황금빛으로 빛나는 안개를 가장 먼저 뚫고 솟아오른 산봉이었다.

육반산은 산맥의 이름인 동시에 가장 높은 봉우리의 이름이다. 가장 높은 봉우리가 가장 먼저 운해를 뚫고 나오는 것이 당연한 이치다.

하지만 육반산 정상으로 오르는 길은 순탄하지 않았다. 육반산 자체가 고원지대에 있는데다 산정의 높이도 자그마치 일만 척, 다시 말해 십 리에 육박한다.

경사와 굽이진 골짜기를 고려하면 실제로 가는 길은 이십 리에 육박할 것이다.

반나절을 쉬지 않고 달려온 탓인지 말들은 산허리를 절반도 오르기 전에 게거품을 게워냈다. 평지를 달려도 심장이 터질 판에 가파른 경사를 달렸으니 당연한 일이었다.

엽무백은 사람들로 하여금 말에서 내리게 했다.

어디까지나 산정으로 오르는 것이 목표지, 말을 죽이는 것이 목표는 아니었다.

그럼에도 불구하고 말은 쉬이 지쳐갔다.

산정이 가까워질수록 사람들 역시 적지 않은 고통을 겪었다. 살을 에는 듯한 추위, 아래쪽에 비해 상대적으로 적은 공기, 며칠 동안 계속된 허기와 누적된 피로는 어지간히 내공을 익힌 무인에게도 견디기 쉬운 일이 아니었다.

그러나 역설적이게도 이런 환경이 사람들의 접근을 막았고, 정도무림의 결사대로 하여금 둥지를 틀게 만들었을 것이다.

이곳에서 중원무림의 부활을 꿈꾸었던 그들의 뜻은 얼마나 숭고한가. 심장이 터질 것 같은 고통에도 불구하고 사람들은 불평불만 한 번 하는 법이 없었다.

오히려 정상이 가까워질수록 숙연해졌다.

얼마나 올랐을까?

엽무백이 걸음을 멈추었다.

드디어 정상에 도착한 것이다.

정확하게 말하면 남북으로 길게 이어진 정상의 산릉이었다. 엽무백의 뒤를 따르던 병력이 약간의 시차를 두고 차례로 산릉에 올라섰다.

오백여 명이 정상과 연결된 산릉에 서서 건너편 자락을 굽어보았다.

산 너머 산이라는 말이 꼭 맞다.

정상을 지척에 둔 산릉이었지만 그 너머에도 수많은 산릉과 산봉이 울창한 수림을 뒤집어쓴 채 파도처럼 번져가고 있었다.

그게 전부였다.

결사대도 보이지 않았고, 목옥도 보이지 않았다. 사람이 지나간 곳엔 어떻게든 흔적이 남게 마련이다. 하물며 마교와의 일전을 목표로 수련했을 무인들 수백 명이 둥지를 틀었다면 분명 어딘가에 인공적인 풍광이 있어야 한다.

조원원은 십리경을 뽑아 들고 다시 한 번 주위를 살폈다. 발아래에서부터 저 멀리 파도처럼 굽이치며 달리는 산릉까지 구석구석.

"아무것도 없어요."

조원원이 눈에서 십리경을 떼며 말했다.

"어디 나도 좀 보자!"

법공이 십리경을 획 빼앗아 들고는 산자락을 훑었다.

"뭐야? 왜 이렇게 멀리 보여?"

"거꾸로 들었네요."

진자강이 말했다.

법공이 황급히 방향을 바꾸고는 다시 산자락을 살폈다. 그러나 그 역시 아무것도 발견할 수 없자 엽무백을 향해 쌍심지를 켰다.

"잘못 온 거 아냐?"

"제대로 왔어."

"그럼 왜 안 보여?"

"육반산이 아무리 험준하다고 해도 정상엔 간헐적이나마 사람의 발길이 이어지게 마련이야. 그런 곳에서 쉽게 눈에 띈다면 금사도라고 할 수 없지."

"여기서 또 찾아봐야 한다고? 네가 지금 며칠째 우리를 굶기면서 끌고 다녔는지 알아?"

엽무백이 밥 먹여주는 사람도 아니고, 또 그럴 의무가 있는 것도 아니다. 법공의 말은 한마디로 밑도 끝도 없는 어깃장에 불과했다.

하지만 사실 모두가 법공과 마찬가지 심정이었다. 무당산에서 집결한 이후 정확히 열흘 동안 사람들은 인간 한계를 넘어선 강행군을 했다.

모두는 아니었지만 진령 입구의 협곡에선 전투까지 치렀다. 결정적으로 육반산을 앞두고 마지막 사흘가량은 건량과 육포마저 바닥나 쫄쫄 굶었다.

지금은 말과 사람 모두 피로가 극도로 누적된 상태, 여기서 또 금사도를 찾겠다고 온 산을 뒤지고 다니는 건 무리였다.

엽무백의 한마디에 산릉에 올라선 사람들은 온몸에서 진이 빠져나가는 듯했다. 한백광 등의 수뇌부는 낯빛까지 어두워졌다.

피로와 배고픔은 곧 전투력의 약화를 의미하기 때문이다.

"혹시 다른 봉우리를 착각한 건 아닌가요?"

당소정이 조심스럽게 물었다.

"여기가 분명하오."

"당신이 그렇다면 그럴 거예요. 이제 어떻게 찾을 것인지나 말해주세요."

엽무백이 물끄러미 당소정을 바라보았다.

당소정은 엽무백의 시선을 피하지 않았다.

"왜요?"

"이제야 날 믿는군."

"오해하고 있었군요. 이제야 당신을 믿기 시작했다면 지금까지 군말없이 따르지도 않았겠죠."

"군말이 아주 없진 않았지."

엽무백은 시선을 다시 전방으로 향하면서 가볍게 미소를 지었다. 그리고 말했다.

"기왕 믿기로 했으면 끝까지 믿어보시오."

"무슨……?"

"우리가 금사도를 보는 것이 아니라 금사도가 우리에게 모습을 드러낼 것이오. 우리가 금사도의 존재를 믿기만 한다면 말이오."

엽무백이 무슨 말을 하려는 건지 몰라 당소정은 어리둥절한 표정을 지었다. 그러다 문득, 엽무백의 시선이 아까부터 한 곳을 향하고 있다는 사실을 깨달았다.

저 멀리 보이는 작은 분지였다.

중앙의 분지를 가운데 두고 가파르게 솟은 산릉이 둥그렇게 둘러싸고 있는 지형이었는데, 분지의 한가운데는 비죽비죽 보이는 수림 위로 하얀 안개가 차분하게 가라앉아 있었다.

그 광경이 흡사 거대한 뱀이 알을 품은 것 같았다. 흔한 광경은 아니지만, 그렇다고 아주 보기 어려운 풍경도 아니다.

볕이 잘 들지 않는 골짜기 깊은 곳을 여행하다 보면 대낮에도 안개가 사라지지 않고 오히려 점점 짙어지는 지형을 종종 만날 수 있다.

당소정은 그 옛날 당문의 사람들과 함께 약초를 캐기 위해 오지를 여행하다 그런 지형을 여러 번 보았다.

눈앞에 보이는 안개 골짜기도 그런 곳인 듯했다.

해는 이제 머리 꼭대기에 이르렀다.

하루 중 그림자가 가장 짧아지는 시간. 더불어 협곡의 가장 깊은 곳까지 볕이 닿는 시간이다.

정오의 햇살이 분지에 가득 찬 안개를 향해 내리쬐기 시작했다. 볕이 안개를 투과하면서 분지가 보석처럼 빛났다. 잠시후 안개가 조금씩 흩어지기 시작했다.

좌우로 솟은 산릉의 높이를 고려해 볼 때, 볕은 채 반 시진을 넘기지 못해 사라질 것이다. 저렇게 흩어지던 안개도 볕이 사라지고 나면 또다시 생겨나리라.

다시 말해, 저 분지는 하루에 딱 반 시진만 속살을 드러낸다. 거기까지 생각이 미치는 순간, 당소정의 머릿속에서 벼락이 쳤다.

'설마……!'

당소정의 예상은 맞았다.

"저, 저기!"

진자강이 손가락으로 분지를 가리키며 목구멍이 찢어지도록 외쳤다. 사람들의 시선이 일제히 진자강이 가리킨 곳을 향했다.

안개가 걷히기 시작하면서 분지의 경내가 조금씩 모습을 드러내고 있었다. 가장 먼저 보인 것은 하얀 수증기가 무럭무럭 올라오는 호수였다. 그리고 그 호숫가에 자리 잡은 수많은 목옥들…….

"맙소사! 마을이에요!"

조원원의 입에서 나직한 음성이 흘러나왔다.

"금사도……!"

당소정이 말했다.

"미치겠군. 진짜로 있었잖아!"

법공이 툭 튀어나온 눈으로 말했다.

사람들은 너나 할 것 없이 떡 벌어진 입을 다물지 못했다. 어디선가 흐느껴 우는 소리도 들렸다. 누군가는 서로를 부둥

켜안고 환호성을 질렀다. 그 순간 엽무백이 갑자기 말에 홀쩍 올라타고는 사람들을 돌아보며 말했다.

"모두 무장을 점검하도록!"

말과 함께 엽무백이 가파른 산자락을 치달리기 시작했다. 당소정, 조원원, 진자강, 법공, 한백광, 칠성개, 청성오검, 허관길을 필두로 오백의 정영이 뒤를 따랐다.

금사도를 향한 마지막 걸음이었다.

*　　　*　　　*

분지는 생각보다 컸다.

호리병처럼 길쭉하게 생긴 분지 가운데는 호(湖)라고 하기엔 좀 작고, 소(沼)라고 하기에는 턱없이 큰 호수가 자리하고 있었다.

분지는 가파른 산비탈 아래 자리 잡은 탓인지 호수를 제외하고 나면 평평한 공간이 그리 많지 않았다. 장마철이 되어 호숫물이 불어나면 그나마 있는 공간도 더 줄어들 것이다.

그래서 그런지 목옥은 호수 가장자리를 따라 비탈과 평지에 반쯤 걸쳐 자리해 있었다. 어떤 것들은 이층으로 지어질 정도로 매우 컸고, 어떤 것들은 대여섯 명이 들어서면 가득 찰 정도로 작았다.

목옥 사이로는 물이 흐르듯 길이 나 있었는데 미로처럼 복잡했다. 점점 중심으로 들어오자 이층짜리 목옥과 목옥 사이를 나무로 만든 나리로 얽어 허공에 또 하나의 미로 같은 길이 펼쳐졌다.

한마디로 분지에 들어선 마을은 녹림의 산채를 닮았다. 이상한 것은 사람이 한 명도 보이지 않는다는 점이었다.

곳곳엔 찬바람에 바삭바삭 말라 버린 잡초가 보였다. 오랫동안 사람의 손이 닿질 않은 것 같았다. 목옥은 하나같이 너무 낡았고 금방이라도 무너질 것처럼 삐걱거렸다. 어떤 것들은 이미 반쯤 무너진 상태였다.

"마치 유령이 사는 마을 같아."

조원원이 말했다.

모두가 같은 생각을 했다.

정도무림의 결사대이든, 녹림채이든 이런 산꼭대기에 둥지를 틀었으면 분명 숨어 사는 무리다. 그런 자들이 척후병 하나 심어두지 않았다는 것도 이상하거니와 무장을 한 오백여 명이 말을 타고 산채로 진입하는데 코빼기도 보이지 않는다는 것도 이상했다.

"혹시, 어딘가에서 매복을 한 채 우리는 지켜보는 건 아닐까요?"

진자강이 말했다.

"매복? 왜?"

조원원이 물었다.

"우리 모습을 한 번 보세요. 오백 명이나 되는 사람들이 도검으로 무장을 한데다 말까지 타고 있잖아요. 누가 봐도 쫓기는 정도무림의 생존자들은 아니죠."

"우리가 강호를 떠들썩하게 만든 지가 언제인데 아무렴 그렇게 소식이 깜깜하려고. 그것보다 난 왠지 우리가 오기 전부터 마을이 비어 있었다는 느낌을 지울 수가 없어."

그때 속 터진 법공이 대열에서 벗어나 가까운 목옥으로 다가갔다. 그러고는 문을 쾅쾅 두들겼다. 판자를 덧대어 만든 문은 단 두 번 만에 쿵 떨어져 버렸다.

"······!"

법공의 얼굴이 누렇게 떴다.

그 순간, 시커먼 그림자 하나가 벼락처럼 튀어나왔다. 법공이 방심을 한 탓도 있었지만, 그보다는 그림자의 움직임이 너무나 빨랐다. 그림자는 눈 깜짝할 사이에 법공의 머리통에 찰싹 달라붙어 버렸다.

"악!"

놀란 법공은 비룡조(飛龍爪)의 수법으로 자신의 머리에 달라붙은 정체불명의 괴물체를 덥석 잡았다. 부슬부슬하고 덥수룩한 무언가가 느껴지는 순간 법공은 일단 잡아 뜯었다. 그건 앞뒤를 생각하지 않은 본능적인 움직임이었다.

쿠앙!

법공의 조력을 이기지 못한 괴물체가 날카로운 비명과 함께 바닥으로 내팽개쳐졌다. 동시에 도저히 그럴 수 없는 움직임으로 번쩍 튀어 오르더니 순식간에 목옥의 뒤편으로 사라져 버렸다.

"이 젠장, 저게 대체 뭐야!"

법공이 피를 철철 흘리는 얼굴로 말했다.

법공이 괴물체를 조공으로 잡아 뜯는 순간, 괴물체 역시 날카로운 발톱으로 법공의 머리통을 할퀴었던 것이다. 덕분에 법공의 얼굴은 목에서부터 이마까지 대여섯 개의 기다란 혈선이 새겨져 있었다.

"흑표예요."

조원원이 말했다.

당소정은 재빨리 법공의 상처를 살폈다.

"다행히 상처가 깊지는 않아요. 지혈을 하고 금창약을 바르면 나을 거예요. 대신 흉터가 남을 거예요."

"이런 얼굴로 다니란 말이오?"

"원판이 워낙 험상궂어서 별로 표시도 안 나요."

조원원이 말했다.

"네 얼굴에 이런 흉터가 생겨도 그렇게 말할 수 있어?"

"그러게 제발 매사에 좀 신중하게 행동하세요. 낯선 곳에서 남의 집 문을 두드릴 때는 만약의 경우를 대비해 긴장을 하는 게 정상 아니에요?"

조원원이 참다못해 툭 쏘아붙였다.

"난 무서울 게 없으니까."

"그런 사람이 표범한테 물려 죽을 뻔해요?"

"죽을 뻔하기는 누가 죽을 뻔했다고 그래."

"방금 표범이 당신 머리통을 물어뜯으려고 입을 쩍 벌렸다는 걸 알기나 해요? 조법을 조금만 늦게 펼쳤어도 이마와 뒤통수에는 이빨 자국까지 선명하게 찍혔을 걸요. 그러니 그만하길 천만다행으로 여겨요."

이쯤 되니 법공도 더는 할 말이 없었다.

그가 마른침을 꿀떡 삼키는 사이 한백광이 사람들을 둘러보며 말했다.

"모두 흩어져서 살핀다."

한백광의 명령에 사람들이 일제히 산채 이곳저곳으로 흩어졌다. 사람들이 산채를 뒤지는 동안 조원원이 엽무백에게 다가가 말했다.

"우리가 잘못 짚은 건 아닐까요?"

조원원은 이곳 산채가 텅 비었다고 단정했다.

그렇게 말을 하는 데는 충분한 근거가 있었다. 곳곳에 수북하게 자란 잡초와 폐허나 다름없는 목옥은 둘째치자. 산채로 들어서고 난 후 사람들의 발자국을 단 하나도 보지 못했다.

이는 사람들이 이미 오래전에 이곳을 떠났음을 의미했다. 사람들이 떠나고 난 후, 비가 내리고 눈이 내리고 그렇게 시간이 흐르면서 발자국이 자연적으로 사라졌을 테니까.

하지만 엽무백은 단호했다.

"아니, 여기가 맞아."

"왜 그렇게 생각해요?"

"저길 봐."

엽무백이 호숫가를 가리켰다.

상대적으로 평지가 펼쳐진 호숫가에는 굵은 통나무들이 각각의 높이로 곳곳에 박혀 있었다. 무림문파에 몸담아본 사람이라면 저게 무엇인지 말하지 않아도 알 수 있다.

그건 보법을 수련할 때 쓰는 마목(馬木)이었다. 무림문파에 입문하면 처음 몇 해 동안 저 마목으로 올라가 이쪽저쪽으로 뛰어다니거나 정지를 반복하면서 보통 사람들과 다른 균형감각을 기른다.

호숫가에는 그런 마목이 수백 개도 넘었다.

사람들은 어느새 엽무백을 따라 말에서 내려 호숫가로 향했다. 동시에 옛 시절을 떠올리며 감회에 젖었다.

"녹림채일 수도 있잖아요. 도적들도 무공은 익히니까요."

다시 조원원이 말했다.

"녹림도가 육합권(六合拳)을 익히지는 않지."

육합은 동서남북에 하늘과 땅을 더한 여섯 방위를 나타낸다. 육합권은 곧 우주의 모든 방위를 막아낸다는 포부를 지닌 권공인데 거창한 이름과는 달리 소림사의 아주 기초적인 권공이다.

하지만 역설적이게도 이름난 소림의 고승치고 육합권을 통달하지 않은 사람이 없다. 그건 육합권에 모든 소림 무학의 핵심적인 보법이 녹아 있기 때문이다.

호숫가에 뿌려진 마목은 바로 그 육합권의 보법 방위를 따르고 있었다. 엽무백이 소림 무학의 보법을 알고 있는 것을 이상하게 여길 겨를도 없이 누군가 그것을 확인해 주었다.

"어라, 이건 육합권의 투로인데."

얼굴의 상처를 천 쪼가리로 친친 감고 난 후 뒤늦게 호숫가로 걸어온 법공이 말했다. 뒤를 이어 여기저기서 침음성이 흘러나왔다.

"무당의 태극보(太極步)도 있습니다."

"저건 청성의 추운보(追雲步)!"

"개방의 취팔선보(醉八仙步)를 익힌 흔적도 보이는군요."

틀림없다.

정도무림의 생존자들은 이곳에서 사문의 무공을 익히고

수련했다.

이곳이 금사도가 아니면 무엇이란 말인가.

그토록 찾아 헤매던 금사도기 바로 눈앞에 있었다.

"그런데 왜 한 사람도 보이지 않는 거예요?"

조원원은 거의 울 듯한 얼굴이 되었다.

죽을 고생을 해서 여기까지 왔다.

미지의 고수가 정도무림의 결사대와 함께 대반격을 준비 중이라는 한마디만 믿고 무작정 엽무백을 따라나섰다.

지난날의 고생이 어디 엽무백을 만나고 난 후 지금까지 겪은 일들뿐일까. 복주의 비선에서 숨어 살던 시절은 말로 표현할 수 없는 상실감의 연속이었다.

죽은 사부와 사형제들에 대한 그리움, 그들을 죽인 자들에 대한 복수심, 언제 마교의 고수들이 들이닥칠지 모른다는 불안감, 그리고 어딘가에 살아 있는 정도 무림인들에 대한 그리움…….

한데 그 모든 게 물거품이 되었다.

"어쨌거나 금사도는 존재했군요."

당소정이 말했다.

의미를 지닌 말이라기보다 탄식에 가까웠다.

"도대체 어떻게 된 걸까요?"

한백광이 물었다.

"산채의 규모를 보면 적어도 일천 명은 족히 되었을 겁니다. 이 많은 사람들이 모두 사라졌다는 건데, 대체 어디로 갔을까요?"

칠성개가 말했다.

"아직 실망하기엔 이릅니다."

청성오검의 수좌 청명이 말했다.

사람들의 시선이 모두 그를 향했다.

"금사도에 대한 소문이 돈 지가 꽤 오래되었잖습니까. 마교가 금사도의 소재를 수소문하고 추적했을 것은 너무나 자명한 일, 그들이 사실상 천하의 정보를 모두 통제하고 있다는 걸 감안하면 금사도의 위치가 노출되었을 가능성도 배제할 수 없지요."

"결사대가 낌새를 알아차리고 본거지를 옮겼다? 과연 그럴 수도 있겠군요."

칠성개가 말했다.

청명과 칠성개는 어떻게든 상심하고 낙담한 사람들의 사기를 높이려 했다. 결사대의 존재 자체가 없는 것보다는 어딘가에라도 있는 것이 낫지 않겠는가.

다행히 결사대의 존재는 명확한 증거로 남아 있었다. 만약 결사대가 근거지를 옮겼다면 또다시 그 험난한 여정을 해야겠지만 아주 없는 것보다는 낫지 않겠는가.

그럼에도 불구하고 한번 죽어버린 사람들의 눈빛은 다시 살아나지 않았다.

그들은 약속이나 한 듯 엽무백을 바라보았다.

엽무백의 생각과 판단을 묻는 것이다.

한 목숨 부지하며 근근이 살아가던 자신들을 불러낸 사람이 엽무백이다. 아무도 모르던, 황하 저 너머 몽골사막에 있을 거라고 생각한 금사도의 위치를 정확히 찾아낸 사람도 엽무백이다.

엽무백은 항상 자신들보다 멀리 보고 정확히 본다. 엽무백이 그렇다고 하면 믿을 수 있을 것 같았다. 엽무백이 다시 시작하자고 하면 마지막 남아 있는 한 줌의 힘이라도 쥐어짜 볼 수 있을 것 같았다.

하지만 엽무백의 입에서 나온 말은 한 가닥 남아 있던 사람들의 희망마저 무참하게 꺾어버렸다.

"결사대는 없소."

싸늘한 침묵이 좌중을 휘감았다.

"왜 그렇게 생각하는 거죠?"

당소정이 떨리는 음성으로 물었다.

"강호에 나에 대한 소문이 돈 지 꽤 오랜 시간이 흘렀소. 마지막 십여 일 동안엔 오백의 생존자들이 금사도를 향해 가고 있었고. 어딘가에 결사대를 이끄는 미지의 고수가 존재했다면 우리가 엉뚱한 곳으로 향하는 걸 두고만 보지는 않았겠지. 다시 말해 그들은 진작에 우리와 접촉을 했어야 했소."

사람들은 충격과 혼돈에 빠졌다.

과연 그렇지 않은가.

금사도의 결사대가 실제로 존재했다면 마교의 추격을 받고 있는 자신들에게 어떤 식으로든 접촉하고 인도하려 하지 않았겠는가.

결국 금사도는 존재하되 결사대는 존재하지 않았던 것이다. 앞서 진령의 산봉우리에서 엽무백이 했던 경고가 현실이 되어버렸다. 한 가닥 남아 있던 희망마저 사라지면서 사람들은 몸 안의 진기가 모두 빠져나가는 듯한 충격을 느꼈다.

그 상실감은 말로는 형용할 수 없는 것이었다.

아무것도 모르고 목옥을 뒤지고 있는 저 수백 명의 사람에게 무어라 설명을 해야 한단 말인가. 그들은 또 어디로 가야 한단 말인가.

"문제는 그들이 어디로 갔느냐 하는 것이오."

다시 엽무백이 말했다.

사람들은 퍼뜩 정신을 차렸다.

금사도가 빈껍데기에 불과했다는 상실감에 중요한 것을 놓치고 있었다. 칠성개의 말처럼 산채의 규모로 미루어 족히 천 명은 될 듯한 사람들이 살았을 것이다.

그들은 대체 어디로 사라진 걸까?

"엇, 저게 뭐죠?"

말이 물을 먹기 위해 호수로 다가가는 바람에 저도 모르게 딸려갔던 진자강이 버럭 소리를 질렀다. 그의 손가락은 더 깊은 물속을 가리키고 있었다.

엽무백을 필두로 사람들이 일제히 말을 몰아 호수 가까이 다가갔다. 진자강이 가리킨 물속에는 뿌옇게 진흙이 내려앉은 해골바가지가 이리저리 굴러다녔다.

한두 개가 아니었다.

호수 가장자리에서부터 더 이상 시선이 닿지 않는 저 깊은 곳까지 모두가 해골과 사람의 것으로 추정되는 뼈다귀로 바글바글했다.

풍덩!

칠성개가 물속으로 뛰어들었다.

그는 자맥질을 해 들어가더니 한참이 지난 후 호수의 정중앙에서 불쑥 튀어나왔다.

"호수 바닥 전체가 뼈다귀로 가득 찼소이다."

"누가 여기다 죽은 사람들을 던져 놨지?"

법공이 혼잣말로 중얼거렸다.

미치지 않고서야 죽은 사람들을 이 높은 산정까지 끌고 와 장사 지낼 리가 있나. 호수 바닥에 있는 백골은 이곳 금사도에 살았던 결사대의 시체다.

문제는 그들이 왜 죽었느냐 하는 것일 뿐.

그때 엽무백의 입에서 천둥 같은 사자후가 터졌다.

"모두 목옥에서 물러나!"

第十章 한정

꾸앙!

천지를 뒤흔드는 굉음과 함께 호숫가에 있던 목옥 한 채가
박살 났다. 잘게 쪼개진 판자 조각과 누구의 것인지 모를 팔
다리가 공중으로 솟구쳐 올랐다.

폭발의 여파는 호숫가에 있던 수뇌부에게까지 전해졌다.
막강한 폭압을 이기지 못한 말과 사람들이 대여섯 장을 날아
가 호수로 빠졌다.

맹세코 이토록 위력적인 폭발은 처음이었다.

꽈꽈꽈꽈꽈꽝!

폭발은 계속해서 일어나며 분지 전체를 치달렸다. 목옥이 터지고 땅거죽이 솟구치며 화마가 솟구쳤다. 그 모습이 흡사 성난 화룡이 땅속을 달려가며 불을 토해내는 것 같았다.

이곳에 모인 그 누구도 경험해 보지 못한 폭발은 목옥을 모두 초토화시킨 후에야 비로소 멈추었다. 분지는 순식간에 거대한 불덩이로 변해 버렸다. 화마로부터 생겨난 검은 연기가 거대한 괴물로 변해 대기를 집어삼켰다.

불타는 목옥 속에서 사람들이 튀어나왔다.

온몸에 불길을 두르고 달려나온 그들은 두 손을 미친 듯이 휘저었다. 하지만 방향과 갈피를 잡지 못하고 이리저리 비틀거렸다. 어떤 사람들은 더 거센 불길 속으로 뛰어들었다.

곳곳에서 소름끼치는 비명이 이어졌다.

엽무백의 창룡후가 다시 한 번 터졌다.

"호숫가로!"

폭발은 목옥을 중심으로 이루어졌다.

하지만 목옥이 분지를 한 평의 빈틈도 없이 모두 채웠던 것은 아니어서 화마가 이글거리는 와중에도 곳곳에 숨 쉴 만한 공간이 존재했다.

기민한 사람들은 엽무백의 창룡후가 처음 터지는 순간 목옥에서 튀어나와 즉사를 면했다. 그들은 꽝꽝 터지는 폭발 속에서도 본능적으로 안전한 공간을 찾아들었다.

일부는 자의로, 일부는 타의로 화마가 미치지 않는 공간으로 찾아들었던 사람들에게 엽무백의 목소리는 한 가닥 희망이 되었나. 그들은 엽무백의 목소리가 들린 곳을 향해 미친 듯이 달렸다.

"진자강! 취각(吹角)을 불어라!"

엽무백의 일성에 진자강은 재빨리 품속을 뒤져 뿔로 만든 나발을 사방으로 불어댔다.

뿌우! 뿌우!

취각 소리는 화마 속에서 달리는 사람들에게 길잡이가 되어줄 것이다.

"일대는 정동(正東), 이대는 정서(正西), 삼대는 후동(後東), 사대는 후서(後西)! 서둘러!"

엽무백의 명령이 짧게 연달아 터졌다.

호수에 빠졌던 소수의 병력이 재빨리 화마 속으로 뛰어들었다. 엽무백의 명령대로 일대는 동쪽으로, 이대는 서쪽으로, 삼대와 사대는 각각 뒤쪽의 동서로 뛰어갔다.

뿔 나발 소리를 듣고도 힘이 미치지 못해 중간에서 쓰러지는 사람을 한 명이라도 더 구하기 위해 그들은 성난 화마도 개의치 않았다.

"개쌍노무 새끼들! 어떤 놈들 짓인지 내 절대로 가만두지 않으리라!"

분기탱천한 법공이 사방을 노려보며 외쳤다.

그러다 저만치 호숫가에 널브러져 있던 커다란 솥단지를 발견했다. 필시 이곳에 있던 결사대가 밥을 지어 먹던 솥단지일 것이다.

법공은 앞뒤 잴 것도 없이 달려가 솥단지를 번쩍 들어 호수에 휙 던졌다. 솥단지가 꼬르륵 가라앉자 물을 잔뜩 담은 채로 냉큼 들어 올려서는 저만치 불길에 휩싸인 채 기어나오는 대여섯 명을 향해 득달같이 달려갔다. 지척에 이르자 그는 솥을 꺾으며 물을 사정없이 끼얹었다.

촤아악!

물을 흠뻑 뒤집어쓴 사람들의 몸에서 비로소 불이 꺼졌다. 법공은 또다시 호수로 달려가 물을 길어서는 화마 속에서 튀어나오는 사람들에게 뿌렸다. 그 움직임이 여태 한 번도 본 적이 없었을 만큼 빨랐다.

한백광, 칠성개, 청성오검 등은 호숫가의 진흙을 데굴데굴 굴러 온몸을 칠한 다음 화마 속으로 뛰어들어 갔다.

평소라면 상상도 못할 행동이었지만 지금은 체면이고 뭐고 차릴 때가 아니었다.

당소정과 조원원은 화마 속에서 튀어나온 사람들을 호수에 빠뜨려 불을 끄고 몸을 식혔다. 동시에 여기저기 눕혀놓고 화상을 살폈다.

삽시간에 제법 많은 사람들이 구사일생으로 살아났지만 화마 속에는 아직도 많은 사람들이 아우성대고 있었다.

엽무백은 사방을 살폈다.

분지를 둘러싼 산릉은 중간을 기점으로 수목의 종류가 달랐다. 위쪽은 허리까지 오는 관목으로 가득한 반면 아래쪽은 잡초가 주류를 이루었다.

나무와 풀의 경계가 산릉의 중간에 만들어지고 있었던 것이다. 다시 말해, 호수의 수위가 가장 높았을 때 산릉의 중간까지 도달했다는 뜻이 된다. 묘한 것은 그 수위가 목옥의 지붕들보다 훨씬 높은 곳에 위치했다는 점이다.

이는 금사도가 처음부터 호숫가에 자리를 한 것이 아니라, 호수의 물을 빼고 드러난 바닥에 자리했다는 뜻이 된다.

왜 그랬을까?

분지는 애초에 없었다.

금사도는 호수의 물을 빼서 예전에는 없던 분지를 만들고, 거기에 진법의 묘리를 가미해 사철 안개가 솟아오르도록 만든 일종의 진(陣)이었다.

분지는 육반산 정상으로부터 이백여 장 이상 아래에 위치했다. 이런 곳에 그만한 규모의 호수가 생겨나려면 반드시 어딘가에 새물이 들어오는 유입구가 있다는 게 엽무백의 생각이었다.

그의 생각은 적중했다.

머지않아 엽무백은 북쪽 산릉 사이로 작은 협곡과 협곡을 가로질러 쌓아놓은 돌무더기를 발견할 수 있었다. 돌무더기 사이로는 지금도 적지 않은 물이 콸콸 흘러들고 있었다.

문제는 그곳이 화마 저 너머에 있다는 것이었다.

엽무백은 한 점의 망설임도 없이 바닥을 박찼다.

파앙!

유령비조공(幽靈飛鳥功)은 본시 지면에서 발산되는 기운과 경력의 충돌에서 얻은 반동으로 도약한다. 때문에 오성에만 이르러도 바닥에 족적을 남기지 않고 하루 종일 달릴 수 있다.

엽무백은 지기 대신 화기를 박차며 날았다.

그가 달리는 궤적을 따라 순간적인 진공상태가 만들어졌다. 세상을 집어삼킬 것처럼 넘실대던 불길이 엽무백의 궤적을 따라 쭉 빨렸다. 그 바람에 한순간 허공에 화마를 가로지른 길이 생겨났다.

그 길이 다시 메워질 무렵 엽무백은 날아가던 속도 그대로 십 장 높이로 쌓아 올린 돌무더기를 향해 쌍장을 작렬시켰다.

콰쾅!

앞선 폭발에 못지않은 굉음과 함께 돌무더기가 천지사방으로 날아갔다. 동시에 커다란 물줄기가 하얀 포말을 일으키며 솟구쳤다. 물줄기는 부챗살처럼 퍼지며 목옥이 즐비한 마을을 덮쳐 갔다.

화마 속에서 가까스로 버티고 있던 목옥들이 픽픽 쓰러졌다. 불로 약해진 기둥이 세찬 물줄기를 만나자 더는 견디지 못한 것이다. 목옥이 쓰러지면서 불길이 칙칙 소리를 내며 꺼지기 시작했다.

물줄기는 계속해서 흘러갔고 순식간에 마을 전체를 휩쓸었다. 물줄기가 아무리 세차다고는 하나 불타는 목옥군 전부를 덮칠 정도는 아니었다. 목옥은 절반은 쓰러지고 절반은 남아서 그대로 활활 타올랐다.

하지만 화마 한가운데에 차가운 지대를 만든 것은 분명했다. 바닥에 쓰러져 불타던 사람들 상당수가 구사일생으로 목숨을 건졌다. 화마 속에 갇혀 우왕좌왕하던 사람들도 바닥을 흐르는 물줄기를 발견하고 몸을 담가 열기를 식혔다.

옷자락에 붙은 불도 껐다.

물줄기는 그대로 호수를 향해 흘러갔고, 그 길은 곧 사람들에게 활로가 되었다. 적지 않은 사람들이 물줄기를 따라 내려가 호숫가로 모여들었다.

더는 화마 속에서 움직임이 보이지 않게 되었을 때, 호숫가에 모인 사람들의 숫자는 겨우 삼백 어림이었다. 절반에 육박하는 이백여 명이 화마에 갇혀 흔적도 없이 사라진 것이다.

뿌우! 뿌우!

진자강은 그때까지도 손을 발발 떨면서 죽어라 뿔 나발을 불어댔다. 조원원이 진자강의 손을 가만히 잡아주었다.

"이제 그만해……."

"누나……."

진자강은 터져 나오려는 눈물을 참기 위해 이를 악물었다. 황벽도에서 처음 엽무백을 만나고 난 후 적지 않은 전투를 직접 겪었다. 어떤 때는 모골이 송연했고, 어떤 때는 엽무백의 잔인함에 치를 떨었다.

죽을 뻔한 적도 부지기수였다.

하지만 맹세코 오늘처럼 처참했던 적은 없었다.

고막이 찢어지는 폭음과 함께 사방이 온통 불바다로 변해버리더니 눈 깜짝할 사이에 수백 명이 죽었다. 아직도 불타는 목옥 주변에는 희뿌연 수증기를 뿜으며 엎어져 있는 시체들이 부지기수였다.

그나마 살아남은 사람들의 모습도 처참하기 이를 데 없었다. 옷과 머리카락이 홀랑 타버린 사람, 살집 곳곳에서 벌써부터 물집이 올라오는 사람, 폭발의 여파로 팔다리를 잃고 신음하는 사람……. 무기를 들고 싸울 수 있는 사람은 채 백 명이 되질 않았다.

너무나 무서웠다.

너무 무서워서 진자강은 바닥에 주저앉아 울고 싶었다.

하지만 어른들은 달랐다.

"부상자들을 한곳으로 모아라!"

"지혈부터 하라!"

"부상자들을 호위하라!"

수뇌부의 고성이 오가는 가운데 당소정은 침착하게 자리를 옮겨 다니며 사람들에게 지시를 내리고 부상자들을 치료했다.

그녀는 사천당문의 영애였고, 의술에 관한 한 지금 이 자리에 있는 그 누구보다 뛰어났다. 그걸 알기에 사람들은 당소정의 지시를 무조건 따랐다.

하지만 그녀도 더는 침착할 수가 없었다.

"소저!"

노강호 허관길이 다급하게 당소정을 불렀다.

그는 경동맥이 터져 피가 펑펑 솟는 사내의 목덜미를 짓누르고 있었다. 어떻게 해야 할지 묻는 것이다.

당소정을 부르는 소리는 계속해서 들렸다.

"소저! 피가 멈추질 않습니다!"

"소저! 내장이 흘러나오고 있습니다!"

"소저! 여기로 좀 오십시오!"

"소저! 제 사제가 숨을 쉬질 않습니다!"

당소정은 이러지도 저러지도 못하고 그 자리에 우뚝 서버렸다. 왁자지껄하게 터져 나오던 소리가 갑자기 멈추며 사위가 고요해졌다.

사람들도 당소정 혼자 감당할 수 있는 상황이 아니라는 걸 알아차린 것이다.

당소정은 참담한 표정이 되었다.

부상자가 너무 많았다.

대부분은 서둘러 치료를 한다고 해도 목숨을 장담할 수 없는 중상자였다. 죽을 목숨에 매달려 치료를 하느라 살릴 수 있는 사람까지 죽일 판이다.

이건 적을 죽이는 것과 달랐다.

생사고락을 함께하던 아군들의 목숨이 자신의 판단과 손에 달려 있다고 생각하니 마음이 천근만근으로 무거워졌다.

'결단을 내려야 해.'

당소정은 일단 마음을 다잡았다.

이어 일전에 대별산에서 채취한 약초를 틈나는 대로 찧고 빻아 만든 환약 주머니를 품속에서 꺼내 들고 말했다.

"지금부터 천보환(天宝丸)을 한 알씩 나눠 드리겠어요. 허노선배, 환약을 받지 않은 사람들만 따로 모아주세요. 환자가 한곳에 모여 있어야 최대한 많은 사람을 치료할 수 있어요."

"환약을 받은 사람은 어떻게 합니까?"

누군가 물었다.

당소정은 질문에 대한 대답 대신 천보환에 대해 설명했다. 그리고 그게 사람들에게는 대답이 되었다.

"천보환은 마비산과 같은 효능이 있어요. 반 시진 정도는 어떤 고통도 느낄 수 없죠."

편안하게 죽을 수 있다는 뜻이다.

좌중이 찬물을 끼얹은 듯 고요해졌다

결국 죽을 자와 살릴 수 있는 자를 선별하겠다는 뜻이다. 손이 모사라니 어쩔 수 없는 노릇이었다. 한두 명쯤은 거칠게 항의할 만도 하건만 누구도 입을 여는 사람이 없었다.

당소정의 고충을 알기 때문이다.

사람들은 침통한 표정으로 환약을 나눠 주는 당소정을 바라보았다. 당소정은 부상자들 사이를 오가며 환약을 한 알씩 나눠 주었다.

환약을 받는다는 것이 당사자들에겐 사형선고나 마찬가지였다. 당소정이 바닥에 누운 채 피를 게워내고 있는 사내의 입안에 환약 한 알을 넣어주려 했다. 그때 누군가 당소정의 손을 덥석 잡으며 말했다.

"소저! 포기하지 말아주시오!"

자신의 사제가 숨을 쉬지 않는다며 소리치던 그 사내였다. 말을 하는 그 사내 역시 한 팔이 잘려 나가 피를 철철 흘리고 있었다.

당소정은 뒤를 돌아보며 말했다.

"어서 이분을 따로 모셔요!"

허관길이 다가와서 팔 잃은 사내를 부축하려 했다. 사내가 허관길의 손을 거칠게 뿌리치고는 당소정의 바짓가랑이를 붙잡고 애원했다.

"나는 산동 교남현(膠南縣)에서 온 하옥생이라고 하오. 문파는 하일문(下日門), 식솔이 쉰 명밖에 안 되는 작은 문파였지만 삼백 년의 역사를 가진 유서 깊은 곳이었소. 어느 날 마교 놈들이 쳐들어와 사문을 쑥대밭으로 만들었을 때 사부께서 코흘리개였던 이 녀석을 내게 맡기며 말씀하셨소. 막내를 부디 지켜달라고. 녀석은 하나밖에 없는 내 사제요. 부탁이오. 포기하지 말아주시오."

하옥생은 눈물 한 방울 흘리지 않고 비장하게 말했다. 사부의 아들이자 자신의 유일한 사제를 반드시 살리겠다는 의지와 당소정이 거절하면 어쩌나 하는 불안감이 함께 서린 얼굴이었다.

하지만 당소정의 판단은 틀리지 않았다.

하옥생의 사제는 두어 번 숨을 헐떡이더니 끝내 그의 무릎을 베고 숨을 거두었다. 하옥생은 그대로 석상이 되어버렸다. 생의 모든 희망을 잃어버린 그의 두 눈에서 뜨거운 눈물이 뚝

뚝 떨어져 내렸다.

허관길이 하옥생의 어깨에 손을 짚으며 말했다.

"이제부터는 우리가 자네의 사형제가 되어주겠네."

곁에서 지켜보던 사람들은 모두 처연한 표정이 되었다. 여기저기서 눈물을 흘리는 사람들도 부지기수였다.

슬픔을 느낄 겨를도 없이 당소정은 부상자들 사이를 빠르게 오가며 환약을 나눠 주었다. 환약을 받는 자들은 침통해했고, 받지 않은 자들 역시 눈물을 떨구었다.

잠시 후, 살릴 자와 죽을 자의 구분이 모두 끝났다. 숫자는 겨우 오십여 명, 당소정은 의술을 아는 자들과 함께 한쪽으로 모인 부상자들을 빠르게 치료해 갔다.

가장 시급한 응급조치를 그녀가 하면 다른 사람들이 후속 치료를 하는 식이었다. 어느 정도 급한 불을 껐다는 판단이 들었을 때, 당소정은 엽무백을 찾아가 말했다.

"약재가 턱없이 부족해요. 부상자들을 의원에게 데려가든지, 아니면 사람들을 보내 약재를 가져오게 하든지……."

당소정의 목소리가 점점 가늘어지다가 결국엔 목구멍 안으로 사라져 버렸다. 엽무백의 시선이 아까부터 호수 너머 산릉을 향하고 있다는 걸 뒤늦게 깨달았기 때문이었다.

산릉에선 언제부턴가 정체 모를 그림자들이 하나둘씩 솟아오르고 있었다. 동쪽에서도, 서쪽에서도, 남쪽에서도, 북쪽에서도 그림자들이 속속 생겨나더니 순식간에 산릉을 넘어 분지로 쏟아져 들어오기 시작했다.

그 광경이 흡사 파도가 산을 넘는 것 같았다.

"개썅노무 새끼들. 내 오늘 저 개종자들을 씹어 먹지 않으면 사람이 아니다!"

법공이 차마 입에 담지 못할 육두문자와 함께 철곤을 뽑아 들었다. 전신에선 가공할 살기가 뻗치고 있었다.

차차차창!

살아남은 사람들이 법공을 따라 저마다 도검을 뽑아 들었다. 젓가락 들 힘도 남아 있지 않았지만 생사고락을 함께하던 동료들의 죽음을 보자 없던 힘도 생겨났다.

분노가 마지막 진기를 쥐어짜게 만든 것이다.

그림자는 끝도 없이 불어나더니 잠깐 사이에 엽무백과 생존한 사람들이 서 있는 호숫가를 겹겹이 에워싸 버렸다. 그 숫자가 어림잡아도 오백은 되어 보였다.

이백 대 오백의 대치니 지금까지 싸운 적 병력에 비교하면 압도적인 수적 열세는 아니다. 하지만 단순한 숫자만으로는 계산할 수 없는 큰 차이가 있었다.

이백의 아군 중 싸울 수 있는 사람은 채 일백이 안 된다. 그나마 피로의 누적으로 제 실력을 발휘할 수 있을지 의문이다. 그런 와중에도 그들은 남은 일백, 그리고 당소정이 골라낸 오십의 중상자들까지 지켜가면서 싸워야 한다.

사마외도도 제 동료 귀한 줄은 안다.

하물며 협과 의를 부르짖는 정도무림의 생존자들이다. 이제 몇 명 남지도 않은, 어쩌면 살아 있는 동안에 마지막으로 만나는, 내 피를 나눠 주어도 아깝지 않은 형제들이다.

그러니 적을 죽이기보다는 동료를 지키려 할 것이고, 그렇게 되면 더욱더 제대로 싸울 수가 없다. 놈들이 폭발을 통해 부상자를 대량으로 만들어놓은 것도 이걸 노린 포석일 것이다.

한 명의 부상자를 지키기 위해선 두 명의 멀쩡한 사람이 필요한 법, 그래서 전투에선 적을 죽이는 것보다 부상을 입히는 것이 유리하다.

전형적인 마교의 수법이었다.

반면, 적들은 사기충천한 오백의 병력이었다.

게다가 하나같이 용 같고 범 같은 기도를 전신에서 뿜어냈다. 여기까지 오는 동안 만났던 마교의 여느 타격대들과는 또 다른 열기가 그들에게서 느껴졌다.

하지만 정작 사람들의 눈을 고정시킨 것은 오백의 숫자가 아니라, 그 오백의 선두에 선 여덟 명의 남녀였다.

그들은 닭의 무리에 섞여 있는 학처럼 고고한 위엄을 흘리는데다 발군의 기도까지 뿜어내고 있었다. 때문에 누구라도 저들 팔 인의 남녀가 오백의 무리를 이끌고 온 수장들임을 알 수 있었다.

첫 번째 사내는 백의 장포를 입은 서른 살가량의 미공자였다. 여자를 연상시킬 정도로 하얀 얼굴에 뚜렷한 이목구비까지 더해져 영락없는 백의서생을 연상시켰지만, 얼굴 아래는 전혀 딴판이었다.

육 척에 달하는 큰 키에 산악처럼 떡 벌어진 어깨, 고목처럼 굵은 팔뚝, 그에 반해 두어 줌이 채 안 될 것 같은 허리는 그가 단지 얼굴만 잘생긴 백의서생이 아니라는 걸 말해주었다.

'용의 허리에 범의 팔뚝…… 일성군 이도정!'

당소정은 가슴이 철렁 내려앉았다.

비마궁주 이정갑의 일점혈육이자 마지막까지 살아남은 초공산의 여덟 제자 중 가장 서열이 높다는 이도정이다.

비마궁주 이정갑은 신룡(神龍)이다.

용이 새끼를 허투루 키웠을 리 있나.

비마궁주는 자신의 모든 진신절기과 역량을 이도정에게 쏟아부었다. 사부인 초공산도 이도정을 등한시하지 않았다.

당금무림에서 가장 고강하다는 두 명의 거인으로부터 십 년 넘게 사사했다면, 백치 바보라도 절정고수가 되었을 것이다. 하물며 발군의 기재라는 평을 듣던 이도정이야 더 말할 필요가 없었다.

하지만 누구도 그의 진면목을 알지 못했다.

초공산이 죽고 난 이후, 권좌를 두고 스물일곱 제자 간의 목숨을 건 전쟁이 벌어졌을 때도 그는 조용히 칩거하는 바람에 제대로 된 실력을 볼 기회가 없었다.

그렇다고 그의 무공을 얕잡아 보는 사람도 없었다. 항간에는 칠공자였던 천제악과 삼공자였던 장벽산을 능가할 거라는 소문도 돌았다. 당금 무림에서 가장 강한 두 사람의 진전을 이었으니 당연하지 않겠는가.

두 번째는 앞서도 만난 적 있던 이성녀 신화옥이었다. 벽력궁의 소공녀이기도 한 그녀는 불타는 목옥과 그 아래 뒹구는 무수한 시체들을 보며 재밌다는 듯 깔깔 웃어댔다.

세 번째는 일성군 이도정 못지않게 수려한 용모에 보옥으로 요란하게 치장한 황금빛 비단옷을 입은 자였다.

하지만 그에게는 한 가지 다른 것이 있었으니 그건 관자놀이를 향해 가늘게 뻗은 눈초리였다. 덕분에 잘생긴 얼굴에도 불구하고 어쩐지 음험한 인상을 풍겼다.

당소정은 그가 삼성군 북진무임을 알아보았다. 비마궁, 벽력궁에 이어 제삼궁의 서열을 차지한 초마궁의 소궁주가 바로 그였다.

네 번째 인물은 붉은 장포를 입었는데 얼굴까지 대춧빛처럼 붉어 보는 이로 하여금 섬뜩한 느낌이 들게 했다.

그는 제사궁 대양궁(大亮宮)의 소궁주이자 사성군의 지위를 누리는 허옥었다.

팔성군 중 문일지십(聞一知十)의 기재가 아닌 자는 없었다. 대저 명문가의 사람들이란 오랜 세월 좋은 배우자들을 만날 수밖에 없다. 그 피를 물려받았으니 보통의 집안보다 뛰어난 자식이 나오는 건 당연했다.

하지만 그중에서도 발군의 지혜를 가진 자가 있었으니 바로 사성군 허옥이었다. 무공은 팔성군 중 중간 정도이나 상대하기는 오히려 몇 배나 까다로운 인물이라 할 수 있었다.

다섯 번째는 창날처럼 뾰족한 하관이 인상적인 청의인이었다. 강퍅한 얼굴에 눈동자는 얼음을 박아놓은 것처럼 차가워서 누구라도 그의 눈을 마주보기 꺼릴 것 같았다.

그의 허리춤엔 가느다란 협봉검이 유독 눈에 띄게 매달려 있었다. 쾌검의 달인이라 불리는 적양궁(赤陽宮)의 소궁주이자 오성군의 지위를 차지한 조백선이다.

조백선의 옆에는 눈이 번쩍 뜨일 정도로 아름다운 용모를 지닌 홍의 여인이 서 있었다. 신화옥이 화려함으로 상대를 압도하는 아름다움을 지녔다면, 그녀는 봄비처럼 은근하게 젖어드는 느낌이 있었다.

맑고 깨끗하면서도 검을 매어둔 허리는 도도하게 육감적

이어서 누구라도 반하지 않으면 못 배길 것 같은 아름다움이 그녀에게는 있었다.

제육궁인 이화궁(移花宮)의 일제자이자 육성녀로 알려진 소수옥이었다. 그녀는 팔성군 중에서 가장 어질고 자애롭다는 평가를 받았다.

덕분에 가장 마인답지 않다는 얘기도 들었다.

하지만 그녀가 펼치는 이화십팔만결(移花十八萬訣)은 상상도 할 수 없을 만큼 무서운 검공이었다. 오죽하면 팔성군 중 이도정과 맞설 수 있는 사람은 육성녀 소수옥밖에 없을 거라는 말이 돌까.

일곱 번째는 푸르스름한 안광을 띤 청의 장한이었다. 매끈한 얼굴 못지않게 살결도 부드러워서 평생을 호의호식하며 산 부잣집 도령 같았다.

하지만 그가 바로 칠궁인 장락궁(長樂宮)의 소궁주이자 신교의 칠성군 섭대강이라는 걸 알면 누구도 함부로 하지 못하리라.

그는 잔인하기가 이를 데 없어 팔성군조차도 그와 대련하기를 꺼렸다. 순수하게 시작한 대련이 어느 순간 피를 보는 싸움으로 변해 버리기 일쑤이기 때문이다.

마지막으로 여덟 번째는 장대한 체구가 온통 근육으로 똘똘 뭉친 거한이었다. 칠 척에 육박하는 거구에 한 자루 대부를 어깨에 짊어졌는데 그 기세가 가히 태산이라도 쪼갤 듯했다.

제팔궁 유마궁(幽魔宮)의 소궁주 우두간이었다.

몸과 병기에서 보듯 그는 타고난 신력의 소유자였다. 유마궁의 혈족들은 모두가 그랬다. 무공 또한 패력을 추구해서 그들의 병장기 아래 박살 난 문파와 무인들이 한둘이 아니었다.

"팔성군······!"

당소정의 입에서 나직한 음성이 흘러나왔다.

사람들은 불과 서른 안팎의 젊은 나이에 일성의 패주와도 같은 위엄을 흘리는 자들의 정체를 비로소 간파했다.

팔마궁의 궁주들을 제외하면 이 시대에 가장 강하다는 평가를 받는 여덟 명의 초고수가 모두 등장한 것이다.

겨우 목숨을 부지하고 있는 일백여 정도무림의 생존자들은 충격에 빠졌다. 수적으로도 열세인데, 그것보다 훨씬 무서운 초고수가 여덟이나 나타났으니 승부는 불을 보듯 뻔했다.

당소정은 조용히 엽무백을 바라보았다.

감당하기 어려운 위기의 순간이 닥치면 엽무백을 바라보는 것이 이젠 그녀에게 너무나 자연스러운 일이 되어버렸다.

엽무백은 한 점의 동요도 없이 조용히 팔성군을 응시하고 있었다. 당소정은 생김새와 복장, 그리고 여덟 명의 조합을 통해 저들이 팔성군이라는 걸 짐작해 냈지만, 엽무백은 신궁에서 저들 팔성군이 자라는 걸 두 눈으로 직접 보았다.

게다가 그는 한때 이룡군이라고까지 불리지 않았었나. 그에게 팔마궁과 같은 배경이 있었다면 그도 지금 지들과 어깨를 나란히 하고 섰을 것이다.

운명의 장난이란 참으로 얄궂었다.

"무당산에서 폭기를 빼앗긴 것에 대한 보복인가?"

엽무백이 신화옥을 향해 말했다.

그제야 사람들은 신화옥이 벽력궁의 인물이라는 것에 생각이 미쳤다. 금사도를 불바다로 만들어 버린 게 바로 신화옥의 뒤에 시립한 자들의 솜씨였던 것이다.

"하하. 내가 말하지 않았었나. 이레가 지나면 사냥이 시작될 거라고. 경고를 새겨들었어야지."

"내 저년의 주둥이를 확 찢어버리고 말 테다!"

법공이 폭갈을 터뜨리며 뛰쳐나갔다.

칠성개가 다리를 슬쩍 걸어 넘어뜨리지 않았다면 그는 정말로 적진으로 홀로 뛰어들었을 것이다. 법공은 호숫가 모래바닥을 꼴사납게 뒹구는 와중에도 칠성개를 향해 그 어떤 분풀이도 하지 않았다.

평소 같았으면 육두문자를 쏟아냈겠지만, 지금은 신화옥과 벽력궁에 대한 분노로 아무것도 보이지 않았다. 칠성개가 연거푸 허리를 잡고 매달리는 바람에 법공은 콧김만 펑펑 뿜어낼 뿐이었다.

"그날 네가 나타난 게 우연이 아니었군."

엽무백이 말했다.

"무슨 말이지?"

"병력의 숫자, 무장의 정도, 수뇌들의 무공 수준을 살펴서 금사도에 매설할 폭기의 양과 위력을 가늠한 거야. 팔성군 중 그만한 안목을 지닌 사람이라면 너밖에 없을 테니까. 그렇지?"

"하하하, 늦었지만 제법 눈치가 빠른걸. 하지만 너를 보고 싶었다는 말은 사실이야. 보다 정확히 말하면 너의 솜씨를 보고 싶었지. 너희 전부를 놓쳐도 너만은 꼭 잡고 싶었거든."

"화끈한 공격이었다. 적이지만 인정하지."

"내가 원래 하나를 받으면 백 개로 돌려주는 성미라서 말이야. 마음에 들었다니 다행인걸."

복장을 박박 긁는 이성녀의 어법에 사람들은 얼굴이 썩어 문드러졌다. 특히 그녀에게 잡힐 뻔했던 조원원은 쌍욕이 목구멍까지 기어 올라오는 걸 겨우 참았다.

어찌나 속이 부글부글 끓는지 쇠몽둥이를 들고 뛰쳐나가려는 법공의 옆구리를 잡고 늘어지는 칠성개의 팔을 끊어놓고 싶었다.

당소정은 당소정대로 분노했다.

화공으로 삼백에 가까운 사람들이 불타 죽었다.

이건 무림인들이 도검으로 실력을 겨루다 죽은 것과 차원이 달랐다. 과거 중원무림의 협객들은 사천당문의 독과 암기를 두고 비겁하다며 손가락질했다.

본시 독과 암기는 암습을 위해 만들어졌다는 태생적 한계를 지니고 있었다. 암습의 무기라는 게 사람들에게는 지탄의 대상이 되었다.

하지만 사천당문은 그에 굴하지 않고 독공과 암기술을 발전시켜 나갔다. 그들은 사람들을 만날 때면 언제나 자신이 사천당문의 인물임을 당당히 밝힘으로써 독공과 암기술을 펼칠 수도 있음을 인지시켰다.

또한 암습보다는 정정당당한 싸움이 될 수 있도록 독공과 암기술을 발전시켜 나갔다. 무엇보다 악인을 벌하고 약자를 도왔다.

그런 노력의 결과로 이제는 누구도 사천당문의 무학을 두고 비겁하다고 말하지 않는다. 오히려 그 독보적인 무공류를 존경해 마지않는다.

하지만 벽력궁은 다르다.

그들은 작은 구탄(毬彈) 하나로 방원 십여 장을 초토화시켜 버린다. 그들의 무기는 대량살상 무기다. 거기에 인간에 대한 그 어떤 존중도 규칙도 없다. 벽력궁은 전쟁을 위해 태어난 문파다.

그런데 이성녀 신화옥은 그 점을 전혀 부끄럽게 생각지 않는다. 아무리 적이라고는 하나 사람을 이처럼 무도하게 몰살해 놓고 재밌다고 깔깔 웃는다.

갈기갈기 찢어 죽여도 시원찮을 인간이다.

모두가 당소정과 같은 생각이었다.

그들은 분노로 얼굴이 시뻘게졌다.

그 와중에도 엽무백은 태연했다.

그는 신화옥의 곁에 있는 백의 미공자에게로 시선을 돌렸다.

"다음은 너의 차례인가?"

백의 미공자 이도정은 여전히 무심한 표정으로 엽무백을 응시했다. 얼굴은 입보다 많은 말을 하는 법인데 그의 얼굴엔 표정이라는 것이 일체 드러나지 않아서 감정상태를 알 수가 없었다.

자신의 감정을 함부로 드러내지 않는 것.

지도자의 첫 번째 덕목이다.

"혼원요상신공을 익혔다고 하던데, 사실인가?"

이도정이 물었다.

까마득한 아랫사람을 대하는 듯한 말투였다.

"그랬지."

"어부지리(漁夫之利)를 취했군."

"그런 셈이지."

"이무기가 여의주를 삼키면 창자가 타버린다는 걸 알고 있나?"

"귀하신 팔성군이 왜 직접 나섰나 했더니 혼원요상신공 때문이었군. 그걸 주면 누가 가지려나? 일성군? 이성녀? 삼성군? 아니면 너희 모두가 사이좋게 나눠 가지려나?"

"혼원요상신공을 내놓으면 남은 사람들을 모두 살려 보내 주겠다."

혼원요상신공은 구전을 통해서만 전해져 온 불사의 마공이다. 당연히 비급으로 남아 있을 리 없다. 혼원요상신공을 내놓으라는 말은 엽무백에게 사로잡히라는 뜻이었다.

사람들은 깜짝 놀랐다.

팔성군이 등장하는 순간 자신들은 명이 다했다고 생각했다. 팔성군이 노리는 것 또한 자신들 모두의 목숨이라고 생각했다. 골치 아픈 정도무림의 정영들이 모두 한자리에 모였는데 이 얼마나 몰살하기 좋은 기회인가.

한데 이도정은 자신들 따윈 아랑곳하지 않았다.

마치 있어도 그만, 없어도 그만이라는 투다.

그는 오직 엽무백만을 노렸다.

이건 말이 안 된다.

대부분은 있어도 그만, 없어도 그만이라고 치자.

하지만 지금 이 자리엔 소림, 화산, 무당, 당문, 개방 등, 내로라하는 정도무림의 후예들이 모두 모였다.

화산의 매화검은 두말이 필요없는 무림 최강의 검공이다. 무당의 태극권, 소림의 금강경, 당문의 독과 암기술, 개방의 타구봉까지. 그중 하나만 취해도 무림을 떨어 울릴 수 있다.

한데 이도정은 그마저도 관심없었다.

그는 오직 엽무백, 그리고 혼원요상신공만 원했다.

"야이 기생오라비 같은 자식아! 혼원요상신공 대신 이거나 먹고 떨어져라!"

말과 함께 법공이 두어 걸음을 질풍처럼 내달렸다. 동시에 탄력을 이용, 땅에 떨어진 가마솥을 냉큼 집어 던졌다.

第十一章 역습

여염집에서는 절대로 볼 수 없는 거대한 솥단지가 팽글팽글 돌며 이도정을 향해 날아갔다. 그 기세도 기세지만 삼백근은 족히 되는 솥단지를 한 손으로 가볍게 던져 버리는 법공의 신력에 사람들은 입이 쩍 벌어졌다.

 한데 그게 끝이 아니었다.

 법공은 솥단지의 그림자에 몸을 숨긴 채 이도정을 향해 질풍처럼 쏘아져 가고 있었다. 양손에는 철곤이 단단히 쥐어졌다. 솥단지를 방패막이 삼아 이도정을 두들겨 잡으려는 것이다.

이건 아무도 예상치 못한 전개였다.

솥단지는 순식간에 이도정을 덮쳐 갔다.

바로 뒤에서 법공이 두 자루 철곤을 바깥으로 크게 휘둘렀다. 곤의 궤적을 따라 시퍼런 번갯불이 튀었다.

소림 최강의 곤법 창룡곤(蒼龍棍)의 절초 반룡벽암(盤龍劈巖)이라는 초식이다. 제미곤에는 곤의 모든 것이 들어가 있으니 소림의 곤술은 제미곤으로 시작해 제미곤으로 끝난다는 말의 원류가 된 초식이다.

여러 번의 기회가 오지 않을 것임을 짐작한 법공은 이 한수로 사생결단을 낼 작정인 것 같았다. 아래로 늘어져 있던 그의 두 발이 엉덩이에 찰싹 붙었다. 몸을 최대로 웅크려 곤의 위력을 배가시키려는 것이다.

법공의 곤이 활처럼 휘어졌다고 느끼는 순간, 이도정은 뒷짐을 진 상태에서 한 손을 가볍게 휘저었다.

떠엉!

고찰의 범종을 망치로 두들긴 듯한 굉음과 함께 솥단지가 벼락처럼 튕겨 나왔다. 솥단지는 이도정의 손에 닿지도 않았다. 이도정이 장력을 폭사해 솥단지를 허공에서 날려 버린 것이다.

이른바 격공장(擊空掌), 권장공을 익힌 사람이 최고의 경지에 이르러서야 비로소 펼칠 수 있는 수법으로 달리 장풍(掌

風)이라고도 불린다.

뻐엉!

법공은 절곤을 휘두르나 말고 솥단지에 정통으로 가슴을 맞았다. 정확히 말하면 이도정의 장력을 맞고 더욱 맹렬한 속도로 팽글팽글 회전하는 솥단지에 잡아먹힌 채 십여 장을 날아왔다.

솥단지는 바닥에 떨어지더니 깽깽 소리를 내며 이리저리 굴러다녔다. 칠성개가 한 발을 척 얹어 막아내지 않았다면 법공은 솥단지와 함께 호수로 굴러 들어갔을 것이다.

말과 행실이 가벼워서 그렇지 법공은 곤왕이라 불리며 무림 최강의 고수군에 들어가는 존재다. 그런 그를 이도정은 단한 발자국도 움직이지 않고, 뒷짐까지 진 채 가볍게 한 손을 휘두르는 것으로 물리쳐 버렸다.

언감생심 곤왕조차도 그에겐 일초지적에 불과했던 것이다.

이 놀라운 상황에 사람들은 모골이 송연해졌다.

만약 이도정이 펼친 저 한 수가 솥단지가 아닌 법공의 가슴에 격중되었다면 어떻게 되었을까? 설혹 법공의 뼈가 강철로 이루어졌다고 한들 산산이 부서졌을 것이다.

법공은 발딱 일어났지만 현기증을 이기지 못하고 몇 번이나 비틀거렸다. 법공이 또 도발을 하기 전에 칠성개가 앞으로 나서며 말했다.

"우리의 뜻은 충분히 전달되었겠지?"

"후개의 시체를 찾지 못했다더니 너로군."

"나를 알아보다니 영광이다. 나는 신지화라고 한다. 다시 말하지만 우리의 뜻은 충분히 전달되었을 테니 이제 그만 물러나는 게 어떤가?"

"다른 사람들도 그렇게 생각할까?"

이도정이 칠성개 너머로 시선을 던졌다.

무심하고 담담한 눈빛 속에 강렬한 기도가 느껴졌다. 사람들이 그 눈빛을 마주 쏘아보며 어금니를 가는 사이 허관길이 말했다.

"교란지계로 흔들어볼 생각이었다면 우리를 너무 하찮게 봤군. 목숨이 아까웠다면 이렇게 세상으로 기어나오지도 않았겠지."

"경험 많은 늙은이가 하나 있다더니 당신이로군."

"무명소졸인 나까지 알고 있었다니, 비마궁의 정보력이 참으로 대단하군. 아마도 항상 우리를 따라다니는 쥐새끼들이 속삭여 주었겠지?"

"살고 싶지 않소?"

"생긴 것과 달리 말귀가 영 어둡군. 돌려 말하면 또 못 알아들을 게 분명하니 내 확실하게 말해두지. 귓구멍이 뚫렸다면 잘 들으시게."

허관길은 목소리를 가다듬고 한 자 한 자 또박또박 말했다.

"노부는 산서 대호문의 유일한 생존자 허관길이라고 하네. 그를 데려가려면 노부의 시체를 밟고 가야 할 것이네."

말과 함께 허관길은 엽무백의 앞을 막아섰다.

양손에 검파를 꼬나 쥔 채 이도정을 바라보는 노강호의 전신에서는 정도 무림인의 기백이 펄펄 살아 있었다.

"난 광동 대호문(大呼門)의 유강순이다! 그를 데려가려면 내 배를 먼저 갈라라!"

"난 산동 백마방(白馬幇)의 소일엽이다!"

"난 사천 청파문(靑波門)의 금두관이다!"

허관길을 시작으로 사람들이 너도나도 엽무백을 에워쌌다. 순식간에 엽무백은 정도무림의 생존자들에게 겹겹이 둘러싸여 버렸다.

이들이 나선 것은 한백광이나 법공, 칠성개, 청명, 당소정 등이 나선 것과는 다른 의미가 있었다. 그들은 구대문파와 달리 과거 중원무림에서 차지하는 비중이 미약했던 중소문파의 후예들이었다.

이른바 정도무림의 가장 밑바닥을 차지하는 풀뿌리 문파의 기백을 보여줌으로써 그들은 자신들의 의지를 확실하게 전달함은 물론 수뇌부의 부담을 덜어주었다.

팔성군은 이런 일련의 모습이 재밌다는 듯 지켜보았다. 한데 이도정의 교란지계는 아직 끝나지 않았다. 그의 칼날 같은 시선이 다시 엽무백을 향했다.

"너도 그렇게 생각하는가?"

덕이 있는 수장이라면 수하들이 희생을 하겠다고 해도 말려야 한다. 그게 수장의 덕목이고, 수하들은 그 덕목을 바라보며 따른다.

이도정은 선택권을 다시 엽무백에게 넘김으로써 또 한 번의 내부 분열을 유도하고 있었다.

엽무백의 입장에선 어느 쪽을 선택해도 불리했다. 죽어도 같이 죽고 살아도 같이 산다고 할 경우 사람들을 결집시킨 그의 가장 큰 덕목인 자기희생의 가치가 크게 훼손된다.

반면, 그가 사람들을 희생시키지 않기 위해 스스로 잡혀가겠다고 하면 그건 또 그것대로 이도정이 원하는 것이었다.

결국엔 엽무백이 최종 결정권자기이기 때문에 사람들이 반대를 해도 아무 소용 없었다.

'귀신같은 놈!'

'이도정이 만고의 기재라더니 과연……!'

조원원과 당소정의 생각이었다.

이곳에 나타난 후 겨우 서너 마디를 했을 뿐인데 이도정은 벌써부터 정도무림의 생존자들을 쥐락펴락하고 있었다.

천 길 둑도 개미구멍으로 무니지는 법, 이렇게 계속 흔들다 보면 틈이 벌어지게 마련이다. 그리고 그 틈은 전멸로 이어지리라.

당소정과 조원원은 조용히 엽무백을 바라보았다.

도검이 난무하지 않을 뿐, 피 튀기는 전투가 벌어지고 있는데도 불구하고 엽무백의 얼굴은 여전히 태연했다. 그가 이도정에게서 시선을 떼지 않은 채 말했다.

"허 선배, 사람들을 물리십시오."

"엽 공자."

"물리세요."

허관길은 이도정을 노려보며 수염을 부르르 떨더니 어쩔 수 없다는 듯 물러났다. 허관길이 물러나자 나를 밟고 가라며 나섰던 다른 사람들도 일제히 한두 걸음씩 물러나기 시작했다.

이도정을 향한 엽무백의 말이 이어졌다.

"금사도의 생존자들은 너희가 죽였나?"

"오 년 전 한 사람이 비선에 침투했고 마침내 금사도의 위치까지 알아냈다. 그다음엔 아주 쉬웠지."

오 년 전이라면 비선이 끊어지던 그 무렵이었다.

"한데 왜 강호엔 소문이 나지 않았지?"

"인간의 심리란 참으로 모순된 것이지. 불확실한 것일수록 오히려 희망은 비례해서 커지거든. 우리가 한 일이라곤 불확실한 소문에 신빙성이 더해지도록 금사도를 찾아가는 자들을 추격해 죽이는 것이었어. 마치 금사도가 실제로 존재하면 큰일이라도 나는 것처럼 말이지. 한 명을 죽이면 두 명이 기어 나오더군. 재밌지 않나?"

결국 금사도에 대한 소문을 역이용해 은거한 정도무림의 생존자들을 끌어냈다는 말이다. 이도정의 말에 사람들은 끓어오르는 분노를 주체하지 못했다. 더불어 이토록 치밀한 심리전을 계획한 마교의 저력에 치를 떨었다.

칼끝에 명예를 걸고 싸우는 무림인들로서는 상상조차 할 수 없는 전쟁의 한 단면이었다.

"신궁에서도 알고 있었나?"

"천하가 천제악의 것인 줄 알았었나? 그렇다면 크게 잘못 알고 있었군. 신궁은 신교를 움직였을 뿐이지만, 팔마궁은 천하를 움직였다. 천하는 언제나 팔마궁의 것이었다."

"신궁에 있어야 할 너희가 여기 있는 걸 보면 십만대성회도 예정대로 진행되고 있진 않겠군. 이제야말로 천하를… 도모하는 건가?"

좌중에 깊은 침묵이 흘렀다.

천하를 도모한다 함은, 팔마궁이 교주 천제악과 그를 따르는 무리가 있는 신궁을 친다는 말이다. 다시 말해 팔마궁과 신궁 사이에 전쟁이 벌어졌다는 뜻이다.

"오늘 밤이 가기 전에 천하는 새로운 신(神)을 맞이하게 될 것이다."

그때 엽무백의 귓전으로 당엽의 전음이 들려왔다.

[호수의 물이 차오르고 있소.]

앞서 엽무백이 계곡을 막아놓은 둑을 터뜨리는 바람에 물줄기가 호수로 접어들었다. 덕분에 호수의 수위가 점점 높아졌고, 호숫가의 공간도 좁아졌다.

물에 빠지지 않기 위해 사람들이 조금씩 이동하다 보니 적들과의 거리 또한 좁혀졌다. 더 지체하면 제대로 싸울 공간마저 없게 된다.

압도적으로 열세인 상황에서 공간마저 좁아지게 되면 큰 낭패다. 발을 빼려고 해도 뺄 수가 없기 때문이다.

당엽은 그 점을 지적한 것이다.

"그렇군."

엽무백은 냉소에 가까운 대답을 흘렸다. 그리고 이번엔 신화옥의 곁에 있는 홍의 장포인에게로 시선을 옮겼다.

"여전하군, 북진무."

"나를 알아?"

"네가 열네 살 때부터 지켜보았지. 객점에서 우연히 만난 무인을 실수로 찌르더니 옷자락에 피가 튀었다고 신경질을 내더군."

"내가 그랬었나?"

"그도 아마 교도였지."

"……!"

엽무백이 장벽산과 함께 초공산에게 끌려온 지 얼마 안 되었을 때였다. 장벽산은 초공산의 제자가 되어 이도정 등과 함께 어울렸고, 엽무백은 혈검조로 배속되어 허드렛일을 도맡아 했다.

그때 우연히 들른 객점에서 팔마궁의 소공자들과 함께 있던 북진무를 보았다. 북진무는 잠시 후에 들어온 신교의 무인들을 쭈욱 불러 세우더니 그중 하나를 골라 다짜고짜 대련을 하자고 억지를 썼다.

그 자리에는 신화옥과 소수옥도 있었다.

엽무백은 북진무가 두 여자 앞에서 호기를 부리고 싶어 한다고 생각했다.

상대는 교주 초공산의 제자이자 초마궁의 소공자, 신교의 일개 무인이었던 사내는 북진무의 요구를 거절할 수가 없었다.

즉석에서 대련이 벌어졌다.

신교의 무인은 적당한 선에서 부상을 입고 패해주려 했으나, 북진무는 사정없이 검을 찔러 넣어버렸다.

"난 잘 기억이 나지 않는군."

"그는 사흘 후 죽었지."

"그것참 애석하게 되었군."

"관에 누운 그의 눈에 흙이 들어가기도 전에 그의 아름다운 부인은 간살을 당했지. 흉수는 끝내 찾지 못했다더군."

이쯤 되자 북진무의 얼굴이 대추처럼 붉어졌다.

"아직도 기억이 나질 않나?"

"훗, 사람들 앞에서 나를 욕보이고 싶은가 본데, 그런 일쯤은 우리에게 한낮의 소일거리도 되지 않는다."

팔성군은 보통 사람들과는 다른 세상에서 산다. 그들에게 살인은 흔한 일이었고, 그때 느끼는 죄책감 역시 보통 사람들과는 무게가 달랐다. 그들은 세상 사람들이 자신들을 위해 존재한다고 생각했다. 언제든 죽이고, 언제든 취할 수 있는.

간살도 마찬가지다.

당당한 일은 아니었지만 크게 부끄러워하지도 않았다. 특히 북진무는 이미 오래전부터 그런 일로 정평이 나 있어서 새삼스러울 것도 없었다.

아니나 다를까, 팔성군은 대수롭지 않게 여겼다.

그게 뭐 어쨌냐는 투다.

신화옥과 소수옥만이 살짝 미간을 찌푸릴 뿐이었다.

반면에 정도무림의 생존자들은 이를 빠득빠득 갈았다. 점 찍어둔 여인을 취하기 위해 수하였던 그녀의 남편을 죽이다 니, 세상에 이런 천인공노할 놈이 있나.

그리고 또 분노하는 자들이 있었다.

어찌 된 영문인지 모르지만 팔성군이 이끌고 온 사람들 중 에 혈랑삼대의 고수들이 있었다. 숫자는 겨우 이십여 명, 교 주 천제악의 편에 서서 진령 앞까지 엽무백을 추격하던 혈랑 삼대가 왜 팔성군과 함께 왔는지는 알 수 없다.

굳이 짐작을 하자면, 혈랑삼대의 대주가 보이지 않는 것으 로 보아 팔성군이 이끄는 병력에게 대주는 죽임을 당하고, 살 아남은 수하들은 목숨을 부지하기 위해 투신한 것으로 볼 수 있었다.

거듭되는 패배로 혈랑삼대는 이미 천제악으로부터 더는 신뢰를 받기 어려운 상황이었고 보면 충분히 가능한 일이었 다.

한데 문제는 여기서 발생했다.

사람들은 몰랐지만, 그 옛날 객점에서 북진무에게 죽은 교 도가 바로 혈랑삼대의 조장이었다. 북진무에게 그 일은 한나 절의 소일거리에 지나지 않았는지 모르지만 혈랑삼대에게는 씻을 수 없는 치욕과 고통에 대한 기억이었다.

혈랑삼대주 화문강이 천제악의 편에 서게 된 결정적인 이유가 바로 그날의 일 때문이다. 잊고 있었던 지난날의 기억과 죽어가던 동료들의 모습이 하나로 떠오르면서 혈랑삼대의 마지막 생존자 이십의 가슴을 세차게 흔들어놓고 있었다.

그럼에도 불구하고 어떤 행동을 취하지는 않았다. 팔성군이라는 극강의 고수들과 그들이 이끌고 온 병력이 압도적인 탓만은 아니었다.

혈랑삼대의 생존자들은 이미 팔성군에게 충성을 맹세했다. 구차하게 목숨을 부지하기 위해서였든, 신궁에 있는 처자식을 생각해서였든 한번 배신을 한 처지에 또 배신을 할 수는 없다.

하지만 세상에는 일말의 가능성도 용납하지 못하는 인간도 있는 법이다.

"무천(武天), 혈랑삼대를 제거하라!"

일성군 이도정의 입에서 작지만 묵직한 음성이 흘러나왔다. 무천은 팔마궁이 신궁과의 일전을 위해 십여 년 전부터 공동으로 길러온 타격대였다. 숫자는 삼만, 팔성군은 그중 오백을 이끌고 왔다.

정확하게 말하면 오백을 육반산에 미리 보내 매복을 시켰다. 그리고 그 자신은 만박노사와 천제악의 의심을 피하기 위해 아침까지 십만대성회에 참석했다. 이후 적당한 때에 몸을 빼서는 팔성군과 함께 말을 달려 좀 전에 육반산에 도착했다.

"존명!"

장년의 흑의인이 짧게 묵례를 했다.

다시 고개를 쳐드는 순간 그는 곁을 쏘아보며 단호하게 말했다.

"명을 거행하라!"

호숫가에 포진해 있던 무천의 병력들이 일사불란하게 움직이더니 순식간에 혈랑삼대를 에워쌌다. 대경실색한 혈랑삼대의 고수들이 서로 등을 맞대고 둥그렇게 둘러섰다.

누군가 외쳤다.

"일성군! 우리는 이미 동료를 한 번 배신했소. 그런 우리가 또다시 배신을 하리라 생각하는 거요? 이것이 십병귀의 농간임을 진정 모른단 말이오!"

하지만 이도정의 명령은 거두어지지 않았다.

그는 뒷짐을 진 채 무심한 표정으로 엽무백을 응시하고 있을 뿐이었다.

혈랑삼대의 생존자들이 배신하지 않을지도 모른다. 아니, 그럴 공산은 아주 컸다.

하지만 결정적인 순간 그들이 칼을 거꾸로 겨눈다면 대사를 그르칠 수도 있었다. 그렇게 될 공산 역시 아주 컸다. 엽무백이 세 치 혀로 혈랑삼대의 가슴을 계속 흔들어댈 것이기 때문이다.

"두 번 말하게 할 참이더냐!"

무천 십삼대의 수장 혈영검(血影劍) 하웅백이 노해 소리쳤다. 그 순간, 누군가의 검이 혈랑삼대의 검진 속을 파고들었다.

이도정에게 목청을 높이던 사내가 한 발을 살짝 빼며 벼락처럼 검을 휘둘렀다. 부나방처럼 달려들던 무천의 고수가 정확히 반으로 쪼개졌다.

그때는 이미 팔방에서 무천의 고수들이 맹공을 퍼붓고 있었다.

까까가가강!

혈랑삼대의 마지막 생존자 스무 명은 오늘이 자신들의 제삿날임을 깨달았다. 어차피 죽을 목숨, 그들은 앞서 간 동료들을 위해서라도 사력을 다해 싸웠다.

전멸에 가까운 패배를 당하는 와중에도 살아남은 스무 명이다. 그들은 하나같이 뛰어난 무공, 짐승 같은 감각, 고도의 실전 경험을 갖춘 백전의 고수들이었다.

절벽으로 내몰린 전투 귀신들을 제거하는 일은 결코 간단하지 않았다.

맹렬한 금속성과 함께 불똥이 사방으로 튀었다. 그때마다 누군가의 비명이 찢어지게 울렸다.

피와 육편이 분분히 날렸다.

이기는 것도, 살아남는 것도 아닌, 한 명이라도 더 데려가기 위한 싸움. 그것은 처절할 수밖에 없었다.

이윽고 금속성이 잦아들 때쯤 혈랑삼대를 에워쌌던 호숫가 주변엔 시체가 수북하게 쌓였다. 겨우 스무 명을 죽이는 데 무천의 고수 오십이 목숨을 잃었다.

한순간 싸움이 멈췄다.

"헉헉헉……!"

혈랑삼대의 마지막 생존자가 칼을 바닥에 꽂은 채 숨을 헐떡거렸다. 한 팔은 나가떨어진 지 오래고 가슴과 배는 걸레처럼 너덜너덜해져 있었다.

그는 증오심 가득한 눈으로 이도정을 노려보았다. 그러곤 어금니를 빠드득 갈며 말했다.

"철무극과 불곡도가 살아 있소."

철무극은 초공산 교주를 암중에서 호위한 미지의 세력 혈검조(血劍組)의 검호(劍豪)다. 그는 초공산이 죽고 나서 장벽산의 편에 섰다.

불곡도는 처음부터 장벽산을 가장 가까이에서 호위했던 호법이다. 이름은 신무광.

철무극과 불곡도는 사루(四樓), 칠당(七堂), 육대(六隊), 오원(吾園)이 모두 등을 돌리는 순간에도 마지막까지 장벽산을 지키고자 했던 사람들이다.

그들 두 사람은 이미 죽었다고 알려졌거늘 사실은 살아 있었던 모양이다. 그리고 그들 두 사람은 엽무백에게는 각별한 의미가 있었다.

사내의 말은 이도정이 아니라 엽무백을 향한 것이었다.

스각!

하웅백의 칼이 허공을 갈랐다.

사내는 등이 수박처럼 쪼개지며 그 자리에 쓰러져 버렸다. 한때 초공산의 칼이 되어 정도무림을 질타하던 마교의 전투군단 혈랑삼대가 세상에서 자취를 감추는 순간이었다.

좌중이 싸늘한 침묵의 소용돌이에 빠졌다.

느닷없이 오백의 병력을 끌고 온 팔성군, 그리고 또 느닷없이 벌어진 적의 내분, 싸움⋯⋯. 순식간에 적 병력 중 칠십여 명 정도가 줄어버렸다.

이도정이 교란지계로 정도 무림인들의 내분을 유도하려다 허관길의 임기응변으로 오히려 더욱 공고하게 만들어버린 반면, 엽무백은 몇 마디 말로 간단하게 성공해 버렸다.

똑같은 방식으로 되돌려준 것이다.

칠십여 명의 사망자가 날 정도로 확실하게.

"제법이군."

이도정이 말했다.

그는 여전히 무심한 표정을 지었지만 눈동자가 가늘게 떨리고 있다는 걸 당소정과 조원원은 놓치지 않았다. 저 강철 같은 사내의 차가운 이성이 드디어 흔들리고 있었다.

눈을 시퍼렇게 뜨고도 아군 칠십여 명을 잃는 수모를 당할 수밖에 없었던 무천의 고수들은 금방이라도 공격할 것처럼 으르렁댔다. 그들은 이도정을 바라보며 명령이 떨어지기만을 학수고대했다.

사태가 심상치 않게 흘러가자 정도무림의 생존자들도 각오를 단단히 다졌다. 그들은 명령이 떨어지면 언제라도 달려나갈 수 있도록 엽무백의 뒤편에서 도검을 꼬나 쥐고 있었다.

팔성군은 팔마궁의 궁주들과 어깨를 나란히 한다는 초절정의 고수들이다. 비록 그 소문이 과장되었다고 할지라도 팔마궁의 궁주들에 비견된다는 사실만으로도 무시무시한 괴물들이다.

적에게 팔성군이 있다면 아군에게는 구대문파의 생존자들이 있다. 무당칠검의 수좌 한백광, 개방의 후개 칠성개, 소림 십팔나한이자 곤왕으로 이름 높은 법공, 청명이 이끄는 청성오검을 합하면 딱 여덟 명이다.

그 외 적진에는 곤륜사괴를 비롯해 팔성군을 그림자처럼 호위하는 정체 모를 노마두들이 언뜻언뜻 보이지만, 그들은 또 그들대로 허관길 등을 비롯한 노강호들이 상대하면 될 터이다.

그러나, 그럼에도 불구하고 승부는 불을 보듯 뻔했다. 한백광을 비롯한 정도무림의 수뇌들이 팔성군을 상대할 수 있을까?

허관길과 중소문파의 고수들이 곤륜사괴와 같은 마두들을 상대할 수 있을까?

일백여 명이 사백여 명을 상대할 수 있을까?

이 싸움은 시작하기도 전에 졌다.

그래서 사람들은 이기는 것을 목적으로 하지 않았다. 그저 몇 명이나 함께 데리고 가느냐가 중요했다. 앞서 혈랑삼대의 생존자들이 좋은 본보기가 되었다. 비록 적이지만 얼마나 사나이다웠던가.

그때 이도정이 말했다.

"아직 너희에겐 살 기회가 있다."

아마 이것이 마지막 경고일 것이다.

저 경고를 거절하는 순간 싸움은 시작된다.

사람들은 마른침을 삼키며 각오를 다잡았다.

그때 엽무백의 입에서 뜻밖의 말이 흘러나왔다.

"금사도에 매복이 있을 수 있다고 생각했지. 하지만 그게 팔마궁일 줄은 몰랐어. 더욱이 벽력궁일 줄은……. 틀림없는 내 실책이야."

당소정, 조원원을 비롯한 정도무림 쪽 수뇌부의 얼굴이 딱딱하게 굳었다.

엽무백은 분명 금사도에 매복이 있을 가능성을 고려했다고 했다. 지금까지 보아온 엽무백이라면 그걸 알고도 무작정 강행군했을 리 없다.

더욱이 이렇게 속수무책으로 당했을 리가 없다.

이건 뭔가 앞뒤가 맞지 않다.

이도정의 얼굴도 기이하게 뒤틀렸다.

엽무백의 말 속에 뭔가 모순되는 것이 있음을 눈치챈 것이다.

엽무백의 말이 차분하게 이어졌다.

"하지만 강행군을 할 수밖에 없었지. 이것저것 모두를 살피며 가기엔 다들 지쳤고, 병력도 너무 적었거든. 무엇보다 만박노사가 십만대성회의 개최를 서둘러 공표해 버리는 바람에 시간이 촉박했지. 아는지 모르겠지만 십만대성회 때문에 우리는 진령을 통과할 수 있었다."

좌중이 찬물을 끼얹은 것처럼 고요했다.

"그래서 생각했지. 만약 기습을 당한다면 모두를 지켜줄 수는 없다. 하지만 백배로 돌려주겠다."

말이 끝나는 순간 엽무백의 두 눈동자에서 화연이 줄기줄기 쏟아져 나왔다. 뭔가 심상치 않은 일이 일어나고 있음을 깨달은 사람들은 모골이 송연해졌다.

그때였다.

"저, 저기……!"

진자강이 손가락으로 산릉을 찌를 듯이 가리켰다. 분지에 운집한 오백여 명의 시선이 일제히 진자강이 가리킨 산릉을 향했다.

정체를 알 수 없는 그림자들이 하나둘씩 산릉 위로 올라오는가 싶더니 눈 깜짝할 사이에 산릉을 빗살처럼 촘촘하게 채워 버렸다.

각양각생의 복장에 두세 가지 이상의 병장기를 든 사람들의 숫자는 족히 일천, 그들은 산릉으로 모습을 보이자마자 강궁에 화살을 재고는 호숫가를 겨누었다.

처처처처처처처척!

궁대가 바닥을 치는 소리가 한참이나 이어졌다. 일천 발의 화살이 호숫가를 향하는 가운데 한 사람이 산릉 위로 모습을 드러냈다.

일흔 살이나 되었을까?

하얗게 센 머리카락에 누덕누덕 기운 옷을 입었는데 게슴
츠레한 얼굴에선 궁기가 좔좔 흘렀다.

그가 호수 아래를 굽어보며 외쳤다.

"어떤 개호로자식들이 노부의 사질들을 욕보이는가!"

쩌렁쩌렁한 음성이 천지를 진동시켰다.

"왕 할아버지가 여긴 어떻게……!"

진자강이 목소리를 쥐어짰다.

노인은 엽무백이 황벽도로 들어갔을 때 만났던 바로 그 왕
거지였다. 황벽장을 피로 물들이고 탈출할 당시 저 왕거지에
게 남은 사람들을 부탁했는데, 여기서 그를 다시 보게 될 줄
이야.

그를 알아보고 반가워한 사람들은 또 있었다.

"장로님을 뵙습니다."

"장로님을 뵙습니다."

칠성개를 필두로 살아남은 거지들 몇 명이 그 자리에서 대
례를 올렸다.

한데 그게 끝이 아니었다.

마흔 줄이나 되었을까?

옷은 누추했으며 치렁하게 늘어뜨린 머리카락은 산발이
따로 없었다. 하지만 머리카락 사이로 뿜어져 나오는 안광은
살을 엘 듯 차가웠다.

"문풍섭 아저씨다!"

이번에도 진자강이 먼저 알아보았다.

엽무백이 금사도를 찾겠다며 나선 길에서 가장 먼저 만났던 복주의 비선, 그곳에서 놀라운 검술로 엽무백을 막아섰던 문풍섭이 눈앞에 있었다.

그는 화산의 매화검수였다.

문풍섭을 알아본 조원원이 달뜬 신음을 흘렸다.

"하아……!"

조원원뿐만이 아니었다.

한백광과 청성오검은 각각 무당파와 청성파의 도사들이었다. 문풍섭 역시 화산파의 도사였고, 정도무림이 건재하던 시절 그들은 현문의 선후배로서 오랜 친교를 나눈 사이였다.

문풍섭이 가장 선배고, 다음이 한백광, 청성오검이 막내다. 무공 수위도 그래서 문풍섭의 매화검법은 실로 무시무시했다.

한백광과 청성오검이 감개무량한 표정으로 포권지례를 했다. 문풍섭은 가볍게 고개를 끄덕이고는 호숫가에 포진한 팔성군 일행을 쏘아보았다. 순간 그의 두 눈에서 가공할 살기가 쏟아져 나왔다

마지막으로 한 사람이 등장했다.

남궁옥이었다.

무당산에서 엽무백의 명령을 받고 흩어져 싸우는 정도무림의 생존자들에게 말과 병장기를 공급하러 갔던 남궁옥이 세를 규합해 온 것이다. 왕거지와 문풍섭은 아마 그 과정에서 조우하지 않았을까.

"제가 좀 늦었나 봅니다!"

남궁옥이 소리쳤다.

호숫가에 군집한 사람들은 크게 술렁였다.

하지만 술렁거림의 의미는 달랐다.

팔성군과 무천의 병력 사백여 명은 얼굴이 새파랗게 질린 반면, 정도무림의 생존자 이백여 명은 가슴이 뜨겁게 벅차올랐다.

상황이 단숨에 역전되었다.

이백 대 오백의 싸움에서 일천일백 대 사백여 명의 싸움으로 바뀌었다. 남궁옥이 이끌고 온 일천여 명의 병력 중에는 개방의 장로가 있다. 한백광과 청성오검조차도 우러러보는 화산의 매화검수도 있다.

그들 외에도 또 얼마나 대단한 고수들이 섞여 있을 것인가. 이렇게 되면 팔성군도 충분히 잡을 수 있다.

정도무림의 생존자들은 피가 끓어오르는 얼굴로 엽무백을 바라보았다. 특히 법공은 입술에 침까지 바르며 엽무백의 입을 뚫어지게 바라보았다.

어서 명령을 내려주길 기다리는 것이다.

엽부백은 착 가라앉은 음성으로 말했다.

"한 놈도 살려두지 마라!"

『십병귀』 제6권에 계속…

FANTASY ORIENTAL STORY

北天十二路

북천십이로

허담 新무협 판타지 소설

먼 시간을 돌아 인간 세상에서 사라졌던
두 개의 신경이 다시 사람의 손에 들어왔다.

신경의 정한 운명의 끈에 이끌려
두 남녀가 패자와 검노의 길을 걷는다.

북천십이로!

야망과 탐욕, 비정과 정염으로 가득 찬
두 남녀의 강호행이 지금 시작된다.

Book Publishing CHUNGEORAM

유행이 아닌 자유추구 -
WWW.chungeoram.com

때로는 비천한 주방 하인
때로는 해먹 못하는 무공이 없는 무학자
때로는 명쾌한 해결사.

만능서생 용비.

살아남기 위해 독종이 되었고,
살아남아 통[通]하게 되었다.

CASTLE OF ANOTHER WORLD

강한이 장편 소설

이계 마왕성

FUSION FANTASTIC STORY

『이계만화점』의 작가 **강한이**가 돌아왔다.
그가 전하는 신개념 마왕성의 이야기!

가족을 잃고 더부살이로 받던 설움을 떠나
서울로 상경해 우연히 얻은 셋방
그곳 지하실에서 채빈의 불행한 인생이 뒤엎어진다!

이계마왕성!

그곳에서 배워라, 지혜가 되리라! 그곳에서 얻어라, 내 것이 되리라!
마왕이 아니다. 마왕성을 이용하는 현대인일 뿐.

마왕성의 사나이, 그가 이제 날아오른다!

Book Publishing CHUNGEORAM

유행이 아닌 자유추구-
WWW.chungeoram.com

ORIENTAL FANTASTIC STORY

김대산 新무협 판타지 소설

心劍誌
심 검 지

꼬물거리는 새끼 용(龍) 한 마리!
작고 희미한 검 한 자루!
순박한 산골 소년의 마음속에 심어지고 만 그것들이
지금 조금씩 자라나고 있다!

김대산! 그의 아홉 번째 이야기!

"한 자루 마음의 검을 다듬어내니
천지간에 베지 못할 것이 없도다!"

Book Publishing CHUNGEORAM

유행이 아닌 자유추구
WWW.chungeoram.com